Teoría y práctica

Teoría y práctica

Michelle de Kretser

Traducción de Regina López Muñoz

MUÑECA INFINITA

Título original: *Theory & Practice*

Publicado por primera vez en Australia en 2024 por Text Publishing
Publicado por acuerdo con Lutyens & Rubinstein LLP

Primera edición en Muñeca Infinita: octubre de 2025

Calle del Barco, 40, 3.º D ext.
28004 Madrid
editorial@munecainfinita.com
www.munecainfinita.com

Diseño de colección: Juan Pablo Cambariere
Maquetación: Carmen Itamad
Edición y corrección: Esther Aizpuru

ISBN: 978-84-129772-7-1

Código BIC: FA
Impresión: Kadmos

Depósito legal: M-19071-2025

Impreso en España

Este proyecto ha contado con la ayuda del Gobierno australiano a través de Creative Australia, su principal organismo de inversión y asesoramiento en materia artística.

Australian Government

Creative Australia

Para la línea Materna

Mi madre me dijo: Querrán que les cuentes tu historia, dijo la joven. Mi madre me dijo: No lo hagas. Tú no eres la historia de nadie.

ALI SMITH, *Primavera*[1]

Es de aquí de donde vengo.
Esta senda recorrí.
No debería ser vergonzante
ni difícil de contar.

JAMES FENTON, «The Ideal»[2]

---

[1] Traducción de Magdalena Palmer, Madrid, Nórdica, 2021.

[2] Las traducciones de las citas de otras obras son todas de la traductora, igual que las notas al pie.

Al principio apenas se fija en los chiquillos. Están esperando el autobús, un niño pequeño y una niña de unos diez años con el pelo trenzado. Él tiene veintitrés, demasiado cerca de la infancia y a la vez demasiado lejos para dar importancia a los niños. Por lo demás, una española profesora de música en Londres acapara todos sus pensamientos. Ella le envió una carta a un apartado de correos que le llegó en Francia. Era una carta cordial y tranquila. Al día siguiente se la sabía de memoria. En Suiza todavía está dándole vueltas, a la caza. Anda buscando la concatenación de peticiones, expectativas y sutiles exigencias con las que él considera que las mujeres hacen prisioneros a los hombres.

Es 1957. En Australia, riadas de europeos meridionales afluyen a Sídney desde los buques atracados en Circular Quay.

Inundan la ciudad de supersticiones, política, emociones, olores. Llaman la atención con colores chillones. Él vio a la profesora de música en dos ocasiones, y en ambos casos llevaba ella una camisa roja con florecillas. Una pulsera, una correa azul, asomaba en el punto donde el puño de la prenda se unía a la muñeca. La muñeca era gruesa y en apariencia fuerte; él ha visto esas mismas manos de aldeano agarrando maletas en los noticiarios. La impresión de fuerza contradice su noción de una mujer dedicada a la música, basada en el grabado de una joven Clara Schumann que cuelga en la institución donde reside su madre.

La profesora de música sacó a colación la política de inmediato y lo informó de que su familia había huido de Barcelona al término de la Guerra Civil. Eso significa que deben de ser comunistas, de modo que ¿por qué empezar la misiva con una cruz dibujada a mano? Otro dato es que tiene los ojos azules y el cabello rubio, a pesar de que los españoles son morenos. Sus contradicciones lo excitan y lo inquietan. ¿Serán síntomas de la sofisticación del Viejo Mundo o del fraude europeo?

Lo más perturbador de todo es la sensación de que la profesora sabe todo lo que él opina de ella y le hace gracia.

¿Qué motivos tiene una profesora de música española para que le haga gracia un geólogo australiano?

Los niños suizos están de pie junto a él, pero a cierta distancia, absortos en un juego de palmas. Cuando sus voces captan por fin su atención, no es capaz de seguir las palabras que componen la cantilena. Su francés es exiguo, arañado de recuerdos escolares y del mes que acaba de pasar en Francia. La coplilla empieza con una exclamación —*O bella!*— mientras los niños entrechocan las palmas de las manos. Según se desarrolla el veloz ritual, al niño le cuesta mantener el ritmo. Cada vez que yerra, el juego se interrumpe y su hermana lo instruye machaconamente. Hay un gesto de significado inconfundible, un dedo que recorre horizontalmente el pescuezo y el clamor *Tu es mort!*

En el autobús, los niños escogen el asiento que queda frente al suyo. La niña saca de su cartera un cuaderno de ejercicios y lo abre por una página casi del final. Lee en voz baja y él se percata de que está ensayando la coplilla. Ella se interrumpe para tocar el pómulo de su hermano, justo debajo del ojo. Extiende el dedo índice y el niño se inclina un poco hacia delante, frunce los labios, cierra los ojos y sopla la pestaña a la vez que pide un deseo. A continuación se tumba y apoya la cabeza en el regazo de ella. A medio camino montaña arriba, se apean.

Su parada es la última, un pueblo donde ha alquilado una buhardilla barata. Se suceden siete días gloriosos. Trepa a rocas negras al pie de un glaciar sacado de un libro de texto. Silba *The Happy Wanderer* recorriendo una pista forestal. Confirma que La Dent Blanche significa 'el diente blanco'; así se llama una montaña. Se tumba bocarriba en un prado alpino donde unas vacas lustrosas y robustas pastan durante el verano. Se come una tajada de carne de vaca sentado en una terraza ante un atardecer azul lirio. Duerme tapándose la cabeza con la colcha porque la campana de la iglesia da las horas toda la noche. Despierta en la fría mañana con la visión del Diente Blanco. El día —no, la luz en sí— parece emanar de la propia montaña. Es ridículo lo mucho que se parece Suiza a Suiza: chalés de montaña, vacas, lagos azul glacial, colinas alfombradas de flores coloridas. Un día pasa un hombre con una trompa de los Alpes tan larga como la calle del pueblo. Los alerces verdean las laderas, en una hilera militar tras otra. Las nubes se desplazan a toda velocidad, igual que los riachuelos. Lo primero que le había llamado la atención de Europa era la suciedad. ¡La mugre de Londres! ¡La sordidez de París! ¡Su tía de Twickenham acumulaba libros en el cuarto de baño! Suiza en cambio resplandece: el aire, las cumbres, la piel de manzana de la gente, los vasos del restaurante donde bebe demasiado schnapps en su última noche en los Alpes.

Culpa al aguardiente de invocar ese sueño que lleva años exhortándolo y que le muestra a un grupo de niñas ataviadas con vestidos idénticos en una extensión de césped. Dan vueltas en corro, jugando con las manos entrelazadas. Al fondo se yergue una casa eduardiana inmensa con porches y hastiales. Él observa la escena desde la verja. Una niña de pelo esponjoso y raya al lado percibe su presencia y le sonríe por encima del hombro. Es entonces cuando despierta.

Con seis años pasó dos meses en una granja de ovejas en Nueva Gales del Sur. Aquellos meses son una secuencia de imágenes espasmódicas, rayadas, de bordes desvaídos, como una película vieja y defectuosa. Su padre estaba en la guerra, su madre enfermó y a él lo mandaron con los abuelos paternos. Le contaron que habían visitado Sídney antes de la guerra, pero él no conservaba una imagen clara de ellos. Llegó con una caja de soldaditos y tos. Su abuela lo tumbó en un sofá, lo recostó sobre cojines y le llevó una bebida hecha con mermelada de grosella negra. Sus manos eran tan blancas y suaves como flores. Estaban también abultadas de anillos.

Su abuela era así, blanda y a la vez severa. Las criadas se movían por la casa con semblante cauto. Enseguida —pequeño e intrigante descubrimiento— se dio cuenta de que no le caía bien su madre. Disimulado tras un sillón orejero la oyó decir: «Cómo se parece este niño a Bessie. Espero que no haya sacado sus nervios».

Los días eran amarillos en el medio.

Los días eran barro, cercados, kelpies, ovejas.

Los días eran ayudar a Jack a remover con melaza el forraje para los carneros.

Los días eran bollitos de limón.

Los días eran el clima.

De la noche a la mañana comprendió el concepto «horizonte». Estaba allí; pura estupefacción.

Ayudó a su abuela a empaquetar los calcetines que había tejido para las tropas y la bufanda que iba a mandarle a su padre. Ella lo escuchaba leer. Y le leía, sentada junto a su imponente cama de hierro. Jugaban al *backgammon* cuando llovía. Como le costaba atarse los cordones, le enseñó una manera que empezaba con dos bucles.

Todo el trayecto hasta la verja, pasando por delante de los olmos sin hojas y hasta la presa, fue sentado delante de su abuela en su caballo. Recostarse contra su cuerpo mullido era una delicia, pero se mantuvo muy recto, como le habían ordenado. Si por Navidad seguía allí, le regalarían un poni solo para él, le susurró su abuela. Sus manos anchas y venosas no se parecían en nada a las de su madre, que eran pequeñas y de uñas mordisqueadas. A él le encantaban las manos de su abuela, ocupadas con anillos y riendas.

Dejaba casi todos los anillos en su tocador, pero el mejor anillo vivía en la sala de estar, dentro de una caja con tapa de cristal y cerrada con llave. A él le gustaba inclinarse sobre la tapa, estudiar el contenido de la caja: medallas, un cinturón, unos binoculares, una pitillera de plata, un estuche para las cajitas de cerillas también de plata y el anillo. Todos estos objetos habían sido del tío abuelo Jocelyn, muerto en Francia en otra guerra. Su abuela abrió la caja y le ofreció el anillo. Lo fabricaron a partir del estopín de un proyectil alemán, le contó. Una palabra alambicada le embasteció la lengua: «aluminio». La punta del dedo de su abuela tocó la flor tallada en el anillo.

—Jocelyn escogió una margarita porque yo me llamo Margaret. Hizo el anillo para mí.

—¿Por qué no lo usa? —Descansaba en la palma de su mano. Le pareció mucho más importante que todos los demás anillos—. Es precioso.

—¿Tú crees?

—¿Vale mucho dinero?

—Es mi posesión más preciada.

La primavera llegó sin previo aviso. Una carta les trajo la noticia de que su madre ya estaba bien. Debía volver a casa a finales de semana. Su madre adjuntaba una nota para él con un dibujo del árbol que se veía al otro lado de su ventana. Estaba deseando verlo, escribía, debía de estar ya tan alto como un árbol.

Fue un día de mucho viento. El seto había cobrado vida en forma de hojas rojas nuevas. Él se sentía como aquellas hojas: zarandeado y cambiado. Su madre era boba, ¡nadie era tan alto como un árbol! Anhelaba a su madre boba y anhelaba un poni. Cogió del dormitorio de su abuela un anillo con tres piedras verdes. Actuó con rapidez, de suerte que en realidad no estaba cogiéndolo. El mundo de los adultos lo zaleaba de acá para allá sin contar nunca con su consentimiento. Ahora ya no habría poni, a pesar de que ya le había puesto nombre.

Jamás sería tan inmenso el cielo. En un barranco cubierto de matojos se agachó sobre un rastro de hormigas sin principio ni fin. Se raspó una espinilla al subir. Las urracas silbaban. Se sacó del bolsillo el anillo con tres piedras verdes. Le hizo guiños; ¡estúpido anillo! Lo lanzó a un chaparral. Observó a una borrega frotándose en una empalizada. Había estado esperando con ilusión la esquila; otra cosa que no ocurriría. Se encaramó a una roca gritando: «¡Bum! ¡Bum! ¡Bum!».

En su penúltima mañana en la casa, su abuela echó en falta el anillo de esmeraldas. Las criadas retiraron alfombras y peinaron el suelo a gatas. Los hombres apartaban matas frondosas y se agachaban. Se volcaron todas las papeleras. Su abuela daba órdenes mientras vaciaba cajones. Él también participó en la búsqueda levantando cojines, hasta que su abuela le gritó que estaba estorbando.

Volvió al chaparral y se puso a buscar.

En un cercado vibrante de moscas se sentó con las piernas cruzadas a reflexionar.

Reflexionó a lo largo de todo el almuerzo.

A la hora del té reflexionó mientras comía bizcocho.

El anillo con tres piedras verdes se había perdido.

No era tan valioso como el anillo de la caja con tapa de cristal.

Conque ¿para qué contarlo?

Su abuela se puso a hablar por teléfono.

—Hemos hecho una búsqueda muy minuciosa, te lo puedo asegurar, aunque es imposible que se me resbalara del dedo. Cuando quiero quitármelo tengo que usar jabón.

Era su última noche, de modo que lo agasajaron con una cena de mayores. Rosas damascenas resplandecían en el mantel.

Se alzaban velas en candeleros retorcidos. Encajes espumeaban en el cuello de su abuela. Todo era distinto. Su copa era verde manzana. Le picaba el cuello de la camisa. De espaldas al fuego, iba acalorándose sin remedio.

A su abuelo le quedaban por vivir una primavera, un verano y medio otoño. La memoria del niño lo borraría casi por completo. Quedó un perro rojo que salía como un rayo al oír la llamada del anciano —«¡Blue!»— y la pregunta rescatada de la cena de aquel día:

—¿Por qué Pearlie?

Pearlie trabajaba en la cocina. Él la había visto fregando una cacerola.

—Las demás llevan años con nosotros. Ha debido de enterrarlo. O esconderlo en un árbol. Cuando pase el revuelo, algún indígena dará con él. Hacen piña, ya sabes cómo funciona. —Y añadió—: Debería recibir unos latigazos.

Un intenso escalofrío lo recorrió de la cabeza a los pies. Su cuchara tembló sobre el plato. El aire en torno a su abuela se onduló. Ella lo escudriñó, espumosa y reluciente por encima de las velas. Él se serenó. Tomó otra cucharada de sopa.

A la mañana siguiente Jack cargó su maleta hasta el coche y la metió en el maletero. Iban a llevarlo hasta la estación, donde lo encomendarían a un revisor de tren. Recordó vagamente que ya le había ocurrido eso mismo una vez y que simplemente era algo que tocaba soportar.

Bajó los escalones de la entrada con su abuela. Ella lo besó envolviéndolo en suavidad. Le puso en la mano algo duro.

Por la carretera larga y llana que conducía al pueblo se aproximaba una nube de polvo.

—El padre Tully —comentó Jack—. Va a por Pearlie, sí.

Él no dijo nada. ¿Qué iba a decir? Se disponía a reunirse con su madre con el anillo de un soldado y la certeza de que no había sacado sus nervios.

Es la mañana después del sueño. Sube a un autobús acarreando su mochila. Este lo bajará de la montaña, donde cogerá un tren al puerto del Gran San Bernardo. Pearlie era una niña mayor, de trece años o más. La de su sueño es más joven, más bien de la edad que tenía él en aquel entonces. También es más morena que Pearlie, pero sabe que son la misma persona. Sabe también que la casa de los hastiales se halla en un cruce de caminos, aunque en el sueño no salen caminos.

El autobús recoge a una mujer de aspecto cansado con un bebé. Él obliga a su mente a regresar del pasado. Unas nubes se afanan en su labor de alterar las sombras en las montañas. Una de las montañas es verde con franjas diagonales ocre oscuro, alerces y arenisca. A lo lejos vislumbra las cuñas esmeralda de un abanico aluvial. Le revela que en otro tiempo un riachuelo corría pastizal abajo y se desplegaba por todo el fondo del valle. Se pregunta si ocurrirá aún, después de las lluvias.

La profesora de música, después de transigir con una pequeña derrota frente al paisaje, se dedica a relegar a un rincón las montañas. Irrumpe en una habitación para resguardarse de un chaparrón primaveral, alisándose el cabello oscurecido por la lluvia. Él descubre una ternura que le entorpece la respiración.

Casi es agosto. Cuando se marchó de Australia en enero planeaba dedicar todo el año a ver Gran Bretaña y el continente.

Pero ¿qué implicará continuar hasta Italia? Se repetirá lo de Francia: calor, trapacerías, trenes que no llegan, el estómago revuelto por el aceite de oliva. Por otro lado, está la posibilidad de Austria. No piensa «schnitzel», «valses» y «paso de la oca», de modo que el horror no se enrosca en sus entrañas. Ha prensado una flor, una genciana de un negro azulado brujeril, para la profesora de música. Comprará una postal, un sello y una cerveza mientras espera un tren que lo lleve a Innsbruck o Graz. Escribirá: «Regresaré a Londres en septiembre».

La cara fascinada de la bebé asoma por encima del respaldo de un asiento: su madre la sube y la baja arrullándola. El autobús aminora la velocidad; están llegando a un pueblo. En el extremo más alejado de la carretera ve una fuente y una pila de leña, y un comercio con un toldo donde venden albaricoques. En el lado más cercano ve a la niña de las trenzas y a su hermano. El niño está sentado en el muro que bordea la carretera, jugando con un yoyó. La niña tiene el mismo pelo bruñido que la profesora de música. Da pasos laterales en paralelo al muro calzada con sus sandalias, dando la espalda a la vertiginosa caída. ¿Serán todos los niños suizos así de seguros de sí mismos e intrépidos? Recuerda a tres que vio en las montañas persiguiéndose a la carrera por una pista empinada.

El autobús llega a la altura de la niña cuando una expresión de asombro se adueña de su rostro. Él profiere un grito. La mujer del bebé también. Gritan en balde, por instinto, y en dos idiomas diferentes: «¡Pare!».

Llegados a este punto, la novela que estaba escribiendo se estancaba.

En diciembre de 2021 se publicaba en la *London Review of Books* un ensayo de Eyal Weizman titulado «Visión de túnel». Aunque se leía como ficción, relataba unos hechos atroces perpetrados por el comandante israelí Aviv Kochavi. En el Instituto de Investigación de Teoría Operativa del Colegio Nacional de Defensa de Israel, Kochavi había tropezado con diversas obras canónicas de teoría postestructuralista y urbana que incluían textos situacionistas.

En 2002 Kochavi dirigió un asalto a la ciudad cisjordana de Nablus y a Balata, un campo de refugiados aledaño. Dio orden a sus soldados de que evitasen calles y callejones, donde habrían sido vulnerables a los francotiradores. En lugar de ir a cielo descubierto, los israelíes cruzaron el territorio a través de los edificios, abriendo boquetes en medianeras y pillando desprevenida a la resistencia palestina.

Una mujer palestina llamada Aisha nos pide que imaginemos la escena. Estamos sentados en nuestro salón, con la familia. De pronto, parte de un tabique desaparece con un estruendo, hay polvo y escombros por todas partes y unos soldados irrumpen en la sala a través del butrón gritando órdenes. Llevan la cara pintada de negro, van completamente pertrechados para una batalla y nos apuntan con las ametralladoras. Nuestros niños gritan sin cesar. ¿Han venido a por nosotros? ¿O sencillamente nuestra casa se interpone en su camino a otro lugar? La respuesta llega cuando abren un agujero en la siguiente pared y desaparecen en la casa de los vecinos.

Según Weizman, Kochavi atribuyó el éxito del ataque a su reinterpretación del espacio. Lo denominó «pasar a través de las paredes» y «ajustar» el espacio urbano relevante a sus «necesidades». Weizman sugiere que la estrategia de Kochavi estaba inspirada por los conceptos situacionistas clave de *dérive* y *détournement.* El primero alude al movimiento desprovisto de obstáculos por una ciudad, independientemente de sus «fronteras»; el segundo, a la adaptación de construcciones para nuevos fines.

La estrategia túnel obligaba a los combatientes palestinos a abandonar edificios y salir a las calles, donde los cazaban sin dificultad. Cuando solicitaban rendirse, Kochavi se negaba. El objetivo de la incursión era matar al mayor número posible de personas en poco tiempo antes de la retirada.

Aquel día setenta palestinos fueron asesinados por las Fuerzas de Defensa de Israel en el ataque sobre Nablus y Balata. En lo sucesivo, la estrategia túnel fue copiada por cuerpos militares de todo el mundo.

En las semanas siguientes a mi lectura sobre la aplicación de Kochavi de la teoría situacionista a la práctica colonizadora, no dejaban de venirme a la cabeza las experiencias que yo había tenido a lo largo del tiempo con la teoría y la práctica. Si bien la ínfima y simple palabra «y» provoca que la transición de la teoría a la práctica parezca fácil, según mi experiencia raras veces ha sido el caso. A medida que me recordaba revolcándome en la caótica brecha entre ambas, empecé a ver que mi novela se había estancado porque no era el libro que necesitaba escribir. El libro que necesitaba escribir tenía que ver con rupturas entre teoría y práctica, y el material era abrumador. Partículas de ese material se habían colado en mi novela y obstruían sus mecanismos.

Una artista me contó en una ocasión que ya no deseaba hacer arte que pareciese arte. Yo estaba descubriendo que ya no deseaba escribir novelas que pareciesen novelas. En lugar de proporciones armoniosas y disfraz, quería una forma que diera cabida a la informidad y el caos. Me dio por pensar que una manera de hallar esa forma podría ser contar la verdad.

De niña había oído con frecuencia: «Cuenta la verdad y avergüenza al diablo». Cuando se cuenta la verdad, alguien tiene que pasar vergüenza; por lo común, el contador de verdades. Ya es hora, me dije, de dejar de tener miedo de la vergüenza.

Desde que tenía siete años, me examinaba de piano cada curso. Disfrutaba tocando el piano, pero solo en las semanas que precedían al examen practicaba a diario según lo previsto. En el mejor de los casos, tocaba con confianza y sin cometer fallos. Con eso siempre bastaba para sacar un sobresaliente, arañando un punto extra o dos.

Llevaba unos cuantos años tocando cuando mi profesora me inscribió en un examen de teoría musical. Cada semana, después de la clase, la seguía por un pasillo hasta una habitación donde había una mesa con una pila de hojas pentagramadas junto a otra de copias de exámenes pasados. La profesora me explicaba en qué consistía tal o cual ejercicio y a continuación regresaba a la sala de piano, donde ya la estaba esperando el siguiente discípulo. Bajo su tutela aprendí a anotar armaduras de clave, tonos e intervalos. Anotaba escalas utilizando alteraciones accidentales. Trasponía piezas cortas de una tonalidad a otra. Traducía términos del italiano al inglés. El día del examen, en un pupitre en un salón de actos lleno de niños, llevé a cabo todas estas tareas y más con disfrute y soltura. Se publicó la nota del examen de teoría y mi calificación fue casi perfecta.

A mi profesora, la relación entre mis ejercicios de teoría y la música que tocaba debía de resultarle tan obvia que pasó por alto subrayarla. Para mí no era evidente en absoluto. Teoría y práctica encarnaban actividades independientes que ocupaban espacios separados en mi mente. En uno escribía con lápiz sobre papel con pentagramas, en el otro emitía notas blancas y negras en un teclado, y no había un pasillo que las uniera.

Tras recibir mi habitual sobresaliente por los pelos en tercero de piano, mi profesora me recomendó que, en lugar de matricularme en cuarto al curso siguiente, ganara tiempo y destreza repitiendo tercero.

En 1972 no había tribunales de música locales en nuestra nación recién salida del dominio colonial. Había dos tribunales británicos en Sri Lanka, y yo siempre había hecho los exámenes que convocaba uno de ellos. Tal vez para paliar el escozor del verbo «repetir», mi profesora me inscribió en el examen del otro tribunal.

Los exámenes de música arrancan con pruebas auditivas que lleva a cabo el examinador desde el piano. En una de dichas pruebas, el examinador toca unos pocos compases dos veces, tras lo cual la candidata reproduce el ritmo de la música mediante palmas. En otra prueba, la candidata canta los compases que ha tocado el examinador respetando tanto la tonalidad como el tempo. En una tercera prueba, el examinador toca un acorde clave y la tónica y le pide a la candidata que cante una nota específica superior en la escala. Así eran las pruebas iniciales que había hecho el año anterior. Había otras por el estilo, pero he olvidado cómo eran.

Para mi segundo examen de tercero me puse mi vestido preferido: recto, de algodón naranja tostado, con el canesú de cuadritos plisados y un volante estrecho en las sisas y el cuello. Cuando dijeron mi nombre, entré en la sala donde aguardaba mi examinador. Los tribunales de música fichan a sus examinadores entre profesores, intérpretes y compositores de acreditada experiencia, y los tribunales británicos siempre mandaban examinadores desde Reino Unido. Sentado al piano había un inglés flaco. Llevaba corbata, pero se había quitado la chaqueta y se había remangado.

Marqué con palmas el ritmo de los primeros compases que tocó, plantada, como de costumbre, a un metro a su derecha aproximadamente. Extendió el brazo y me pidió que me acercara. Di un paso adelante, él repitió la orden, y así sucesivamente hasta que estuve dentro del arco de su brazo.

Era un experto.

Prosiguieron las pruebas. Canté y di palmas e identifiqué cambios de ritmo mientras la mano derecha de mi examinador acariciaba mi muslo, primero por debajo de la orla del vestido y luego más arriba.

La mano de mi examinador se introdujo en mis bragas.

La mano continuó su experta exploración mientras yo tocaba arpegios y escalas sentada en su regazo.

Unos días más tarde, en el colegio, una niña un curso mayor se me acercó durante el recreo. Teníamos la misma profesora de piano y habíamos hecho los exámenes el mismo día. Yo había cumplido once años por aquel tiempo, así que ella debía de tener doce. Me preguntó si el examinador me había hecho «algo raro» el sábado. Le dije que sí. Nos retorcimos, hicimos una mueca y soltamos una risilla. Nos fuimos cada una por su lado. Nunca más volvimos a hablar del asunto.

¿Qué opciones teníamos?

Éramos dos niñas criadas en espaldera, instruidas en el silencio, la obediencia y el respeto. Habitábamos un mundo creado para la protección y el placer de los adultos. No teníamos palabras para los abusos y nuestra noción del sexo era más que borrosa. Lo que sabíamos con certeza era que todo lo relacionado con «ahí abajo» era digno de vergüenza. Lo que sabíamos con certeza era que atraer la atención sexual era sufrir vergüenza.

Nos imaginábamos acercándonos a un progenitor o una profesora, musitando que «había pasado algo raro ahí abajo».

Nos imaginábamos recibiendo una regañina o una bofetada o una azotaina por mentirosas con pensamientos desvergonzados.

Nos imaginábamos recibiendo una regañina o una bofetada o una azotaina por llevar vestidos cortos y desvergonzados a un examen.

Nos imaginábamos ridiculizadas; las palabras musitadas que requerían de todo nuestro valor, escarnecidas. ¿Y si «algo raro» resultaba ser un mero paso inevitable en el camino a la edad adulta? ¿Y si era como la menstruación, a la que nos referíamos como «hacerse mayor»? ¿Y si, al igual que la menstruación, era algo innombrable, vergonzante y ordinario a la vez? ¿Y si éramos unas niñas ignorantes cuya ignorancia no haría más que redoblar nuestra vergüenza?

Por último, como éramos niñas y por lo tanto aún estábamos abiertas a los milagros, imaginábamos que nos creían, que nos abrazaban, que nos consolaban, incluso que mágicamente nos vengaban. Entretanto, la vergüenza que salía de nuestros labios se inflaba y se inflaba, y los amados adultos que nos creían, nos abrazaban, nos consolaban e incluso mágicamente nos vengaban quedaban también atrapados para siempre dentro del inmenso globo negro de la vergüenza.

¿Qué opciones teníamos?

Qué lista fue esa niña de cara guapa con forma de corazón. Compartió su secreto para que pudiéramos retorcernos y reírnos y hacer muecas juntas en vez de solas. La forma de contrarrestar la vergüenza era buscar la solidaridad. Apenas tenía doce años, pero ya lo había entendido.

Llegaron mis notas.

Aprobada con mérito.

Ni rastro del acostumbrado sobresaliente.

Dos explicaciones complementarias: 1) El tribunal de mi examinador ponía el listón más alto que el otro, y él lo había aplicado; 2) yo no había dado lo mejor de mí aquel día.

¿Qué pasaría a continuación? Mi profesora y yo nos sondeábamos mutuamente con pesar. Ni ella ni yo teníamos la sensación de que estuviese preparada para cuarto, pero no iba a repetir tercero otra vez. Se aparcó el asunto durante lo poco que quedaba de curso, y lo que pasó a continuación fue que emigramos a Australia. Se acabaron el piano y las clases de música, pero descubrí que no me importaba.

A principios de 1986 me mudé a Melbourne desde Sídney. Tenía veinticuatro años. Lo primero que hice en Melbourne fue comprarme un vestido *vintage.* Era de encaje y tenía manga casquillo, corte imperio y falda entallada hasta la rodilla. Databa de primeros de los años sesenta, cuando fabricaron miles de vestidos similares. Ahora la moda los había sacado del olvido y los llenaba de nuevo de cuerpos jóvenes y cálidos. Existían variantes en azul cielo, rosa palo y café con leche, pero el mío era Negro Intelectual. Una universidad de Melbourne me había dado dinero para acometer una maestría en Filología Inglesa. Me personé en el campus para matricularme y en la cola me tocó esperar detrás de dos alumnas de licenciatura.

—Déjalo tú —animaba una de ellas a su amiga—. Tienes que cortar tú. Ser la guay.

La tercera cosa importante que hice esa semana fue firmar el contrato de alquiler de un piso en St Kilda, un destartalado apartamento de una habitación en la parte de atrás de una casa victoriana. Desde mi llegada a la ciudad había estado parando en casa de Lenny, amigo de unos amigos de Sídney. Lenny era profesor titular de Historia del Arte y vivía en St Kilda, en un piso con vistas a la bahía. Era marxista, como todos los hombres jóvenes que yo conocía por aquel entonces. No se les caía de la boca el tardocapitalismo y yo admiraba su seguridad. ¿Cómo podían saber con certeza que no estábamos sumidos en aproximadamente-un-tercio del capitalismo? ¿O en el capitalismo aún-calentando-motores? Las mujeres que conocía se declaraban feministas, y yo también. En teoría no había motivos para no ser marxista y feminista, pero en la práctica era peliagudo porque el marxismo en la política estudiantil estaba copado por los hombres.

Sin dejar de confiar en el poder transformador del feminismo, conservaba una fe terca y atolondrada en el amor. Durante mis años de licenciatura en Sídney lo erigí como ideal trascendente. Hasta que leí una carta que no debía leer. Estaba dirigida al hombre que yo creía que me amaba y dejaba claro que su lío con la autora de la misiva duraba ya varios meses. Ella era una feminista inteligente, guapa y extravertida de nuestro círculo. Se llamaba Lois. ¡Sí, no es broma! ¿Lo llamaba Superman en la cama? Fue uno de los reproches furibundos, endebles y angustiados que le hice a gritos al interesado. Después me fui a un parque junto al puerto y me tumbé en la hierba. Me dije para mis adentros: Recuerda esto, aprende de esto. Una luz de sirope de piña chorreaba sobre todas las cosas y lo endulzaba todo salvo mis pensamientos. Solo el verde ahumado de una casuarina interrumpía el azul incontaminado por encima de mi cabeza.

St Kilda era el barrio para vivir, según Lenny.

—Ve siempre adonde estén los yonquis. Tienen un gran criterio en materia inmobiliaria. Y ahuyentan a la alta burguesía, de modo que los alquileres se mantienen bajos. Hay montones de pisos a buen precio en St Kilda, y encima hay playa.

La playa era algo normal después de haber vivido en Sídney, pero St Kilda no tenía nada de normal. Al haber caído en desgracia, dejaba espacio para alucinados, desamparados y melancólicos. El tardocapitalismo, que por lo común prefiere amortajar sus circunstancias en terciopelo, se mostraba aquí brutal y sin matices. Había gente con la mirada perdida en los bancos de los parques, despotricando o mascullando por las calles, haciendo cola en la Misión del Sagrado Corazón para recibir un plato de comida. Una mujer se paseaba en camisón y bata llamando a un tal Frankie; una transeúnte me contó que llevaba años así. El resplandor del desastre quedaba siempre al alcance de la mano. Alguien profería insultos, una silla salía volando por una ventana. Los yonquis se chutaban en callejones y a veces se quedaban en el sitio; la tarjeta de visita del amanecer era una sirena. En cuanto caía la noche, Grey Street y sus afluentes se iluminaban de sombra de ojos con purpurina e inmensidades de carnes nacaradas; quienes vendían su único activo tenían que hacerse visibles en la oscuridad.

Violento, y violentamente vigilado por la Policía, St Kilda debería haber sido un suburbio deprimente. Sin embargo, se abría al mar y al cielo, de donde emanaba una sensación de posibilidades. Tan pronto como el agente inmobiliario me entregó las llaves, salí del piso y me encaminé al malecón. Otros caminaban también en dirección al mar bajo la carbólica luz estival. Nos reunimos todos en la punta del espigón, donde empezaba el rompeolas. Mis acompañantes eran curtidos ancianos en bermudas, estatuas cobrizas de rodillas sarmentosas. Contemplamos las aguas y las gaviotas planeando, la música distante de los tranvías a nuestra espalda. El agua azul y salada rebosaba de una vida que yo era incapaz de nombrar. Había dedicado los dos años anteriores a trabajar para una empresa de estudios de mercado en la que se ordenaba, clasificaba y asignaba un código numérico a cada dato que podía extraerse del consumidor al otro lado de la línea telefónica. El conocimiento era otra cosa: desbordante, continuamente renovado. Yo deseaba el vaivén y el chapoteo de sus profundidades debajo de mí, el riesgo de ahogarme. Deseaba que me llevara más allá de mis propios límites.

En una antología de poesía estadounidense de segunda mano encontré una postal del edificio del Cirque d'Hiver, en París, marcando la página de un poema de Elizabeth Bishop titulado «Cirque d'Hiver». Colgué la postal con masilla en la pared desconchada por encima de mi escritorio, mecanografié el poema y lo colgué también. Añadí al conjunto mi póster de Virginia Woolf y una cita de Gramsci: «La crisis consiste precisamente en que lo viejo muere y lo nuevo no puede nacer; en este interregno aparece una gran variedad de síntomas mórbidos». Yo era feminista y mi síntoma mórbido era que quería a Lois muerta. Por supuesto, también le echaba la culpa de nuestra ruptura a mi ex, pero ni con la misma ferocidad ni con el mismo grado de dolor. ¿A quién de entre todas las personas del planeta somos incapaces de perdonar jamás por no habernos protegido? A LA MADRE. Todo emana de ahí. El feminismo estaba asestando duros golpes al patriarcado, pero el nuevo mundo de solidaridad femenina incondicional aún luchaba por nacer.

Lenny siempre parecía cabreado y su amabilidad era infalible. Tenía la tez colorada, un carácter serio y muchos amigos. Sus amigos amueblaron mi piso: un sillón de orejas amarillo por aquí, un futón por allá, todo regalado, prestado o vendido por unos pocos dólares. El dueño del futón me agasajó con una disquisición sobre el particular. Los voluminosos futones australianos no tenían nada que ver con los originales japoneses, básicamente colchas finas, «como colchones medievales», que se apilaban uno sobre otro para dormir y posteriormente se oreaban colgados en las ventanas. Como no podía proporcionarme un somier de lamas, me aconsejó que le diera la vuelta al futón de vez en cuando para prevenir «coyunturas desagradables con el moho», un consejo que eché al olvido instantáneamente.

En el salón tenía una chimenea, sin repisa pero con bordes de mármol rojizo jaspeado. Un madero claveteado tapaba el cañón. Los clavos estaban oxidados, así que nadie había encendido un fuego allí en años, pese a lo cual persistía un olor a ceniza fría. En otros tiempos fue una estancia espaciosa, muy probablemente magnífica, pero unos tabiques endebles la habían partido en tres. Una franja de pasillo y el baño a un lado daban paso al dormitorio y la cocina al otro.

Llegaron mis libros desde Sídney. Colmaron mi estantería donada y se desplegaron sobre las espirales de color vómito anaranjado de la moqueta. Lenny vino a cenar. Inspeccionó los libros, eligió *Homenaje a Cataluña* y comentó que Barcelona se quedó sin existencias de champán cuando murió Franco. Leyó «Cirque d'Hiver» en voz baja. El caballo mecánico que describía el poema guardaba cierto parecido con él, inteligente y de ojos brillantes.

Lenny traía vino en un elegante barrilito y la noticia de que acababa de comprarse un Mac de Apple. Iba a dar una fiesta en honor del Mac, me dijo. Incluso el aspecto de la invitación que me entregó proclamaba que era algo llegado de otro mundo. Los detalles de la fiesta estaban impresos en una mezcla de fuentes sin serifa enmarcadas en formas geométricas punteadas de gris. En cuanto la vi me asaltó la sensación de que algo profundo se había derrumbado. Lo que quiera que estaba por venir sería difícil y emocionante, y el Mac era partícipe de ello. Eché un vistazo a mi máquina de escribir —¡mi querida máquina, mi fiable Smith Corona azul!— y vi cómo se tornaba en fantasma.

Unas rayas pálidas brillaban en la muñeca de Lenny cada vez que clavaba el tenedor en el dhal. Había aludido a ellas en una ocasión, añadiendo que no recomendaba crecer en una población rural siendo gay. Ahora se preguntaba en voz alta cómo se había portado Australia conmigo.

—Somos unos racistas de mierda.

Otra cosa que me contó Lenny fue que durante mucho tiempo su artista más admirado fue Caravaggio.

—Ahora no soy capaz de contemplar esos cuadros. Todos los personajes parecen enfermos.

«Me tranquilizó y me alegró mucho saber que has encontrado un piso agradable y que ya has hecho buenos amigos. Lenny debe de ganar un buen sueldo si es titular. ¿Está ahorrando para una casa o tiene el piso en propiedad? ¿Lo ves mucho? Qué bien que le guste la comida esrilanquesa. Adjunto la receta del mallung de centella asiática. Se puede sustituir por hojas de repollo. Según Babs, St Kilda no es un buen barrio y allí solo viven prostitutas. Le respondí que eso no podía ser verdad porque Lenny es profesor titular. Por favor, cuídate mucho y no salgas sola de noche. No abras la puerta a desconocidos».

Sobre el escritorio de Lenny se erigía un objeto cúbico ortopédico e incoloro alrededor del que se había reunido un puñado de gais. Me uní a ellos justo cuando Lenny explicaba, sentado junto al escritorio, que los ordenadores personales eran una oportunidad de aprovechar los medios de comunicación. Nos dejó maravillados haciendo una demostración de algunas de las virguerías de las que era capaz el Mac de Apple.

En la cocina encontré un cuenco, una tabla y un cuchillo y me puse a trocear los mangos que había llevado a la reunión.

Entonces conocí a Olivia y Amabel, que entraron buscando vasos de cartón. Eran mujeres altas, rubias, de carnes marmóreas, que infundían confianza por la manera en que ocupaban el espacio. Amabel tenía el pelo con raya en medio y la boca insatisfecha de una madona de Botticelli. Era incluso más alta que Olivia, y su cara redonda y blanca era un reloj. El reloj se tomó su tiempo en inspeccionar mi vestido, mis Doc Martens y mi ofrenda de mangos. Sonrió como alarmado.

Charlé con Shaz, que tocaba el saxo en una banda feminista llamada Says Ann. Retorciéndose la coleta rubio platino, me contó que estaba tratando de decidirse entre claudicar y entrar en la función pública, o seguir cobrando el subsidio de desempleo y esperar a que la banda saltara al estrellato. Cada vez que alguien hablaba de trabajos de oficina, me acordaba de mis compañeros de trayectos urbanos por Sídney subiendo escaleras mecánicas por las mañanas, todos con pintas de profesionales atónitos.

La fiesta, además de por el Mac, era para Shaz. Un promotor inmobiliario había comprado el bloque de pisos donde ella vivía y había notificado el desahucio a todos los inquilinos. Lenny había redactado e imprimido una petición dirigida a la junta de distrito de St Kilda y a nuestro diputado local en la que llamaba a la acción contra los promotores que estaban invadiendo la zona, remodelando edificios y expulsando a los arrendatarios. Se la llevé a las personas que estaban bebiendo en el balcón. Allí Amabel le contaba a un tal Kit que el esmalte de uñas en los pies le parecía «chabacano». Se quedó mirando mis Doc Martens como si pudiera verme los pies a través de ellas.

La gente del balcón firmó la petición y me quedé allí un rato. Kit tenía una de esas caras huesudas en apariencia pétreas.

No me hizo ni puñetero caso; una lástima. Había dejado su cerveza en la barandilla y daba la espalda a las vistas. Descubrí que Olivia era prima de Amabel y que ambas compartían casa en Fitzroy. Olivia cursaba cuarto de Música-Derecho y Amabel, segundo de Derecho-Derecho. Al padre de Amabel, profesor universitario de no sé qué, lo llamaban Pobby, y a su madre, galerista, Mops.

Olivia salió con nosotros al balcón. Llevaba el pelo pajizo recogido en unas trenzas entretejidas y enroscadas en la cabeza, como una niña de cuento de hadas. Su sonrisa desfiló de izquierda a derecha, y se detuvo a medio camino como si se hubiese atascado. Kit apoyó el mentón en la coronilla de Olivia y la rodeó con sus brazos, y ella se recostó sobre su torso.

Volví adentro, donde un amigo de Lenny describía el Mac como «una tecnología de embelesamiento». Benedict tenía un pendiente y trabajaba en una librería; nos conocimos cuando yo aún paraba en el piso de Lenny. Era neozelandés pero tenía la misma pinta de falta de sol y de alimento que un punki inglés. A la Policía le gustaba pararlo por la calle y ordenarle que se subiera las mangas para examinarle los brazos en busca de pinchazos. Me habló de la línea de apoyo en la que era voluntario con Lenny.

—Llaman principalmente hombres casados. Está todo el mundo acojonado. Pero acojonado de verdad.

Amabel se materializó junto a mi codo.

—Me ha dicho Lenny que hablas francés. ¿Cómo se decía «gases de efecto invernadero»? Lo tengo en la punta de la lengua.

Me pareció que se hacía un silencio sepulcral, como si todos los presentes aguardasen mi respuesta. Dije:

—He estado dos años trabajando. Tengo el francés un poco oxidado.

—Enseguida me acordaré —dijo Amabel—. Ya te lo diré para que lo sepas tú también.

Kit y Olivia se habían unido a un grupito que incluía a Shaz. Kit le estaba contando que el piso de abajo del suyo iba a quedarse libre. El edificio tenía un jardín en la azotea con unas vistas impresionantes, y su piso, en la planta más alta, tenía una relación calidad-precio increíble. Compartía el baño con el vecino, pero no le importaba: «Es bohemio». Me habría gustado saber quién limpiaba el baño bohemio, pero no tuve agallas para preguntar.

Shaz dijo que siempre le quedaría el sofá de Lenny si no había encontrado otra cosa a final de mes. No le importaba mudarse, añadió. Su piso era un estercolero y también un poquito siniestro. A veces llegaba a casa y descubría que se habían operado pequeños cambios en su ausencia. Una alacena que ella estaba convencida de haber cerrado aparecía abierta de par en par, o un cojín de la salita tirado en su cama. Era como estar en un sueño desconcertante.

—Ya sabéis…, uno de esos en los que las cosas son distintas a como deberían ser.

Alguien verbalizó lo obvio:

—Yonquis.

—Vivo en el último. Nunca he echado en falta dinero y, aparte del saxofón, no tengo ninguna pertenencia que un yonqui pudiera revender. Y sucede con regularidad, como varias veces al mes. Hay mañanas en las que despierto y algo ha cambiado de sitio durante la noche. Me habría ido hace un siglo, pero pagaba poquísimo alquiler.

Olivia contó que un fantasma la visitaba de cuando en cuando. No paraban de desaparecer joyas de su habitación.

—Nada de valor, nada que valga la pena robar. Pero sí artículos especiales. Como una pulsera de cuentas que antes me ponía mucho, y uno de mis pendientes favoritos.

—Tienes un *poltergeist* —dijo Benedict—. Igual que Shaz.

—El *poltergeist* es mi madre. Cuando murió me dejó sus joyas, pero nunca me las pongo. Así que me castiga llevándose la bisutería que más me gusta. —Olivia se tocó el pequeño corazón dorado que lucía al cuello—. Esto me lo regaló Kit. No me lo quito nunca, jamás, duermo con él para tenerlo a salvo.

Miró a Kit con una expresión que me hizo sentir vergüenza ajena, o tal vez envidia, no sabría decir.

Así como el departamento de Filología Inglesa de mi universidad de Sídney tenía una Feminista Designada, en Melbourne había otra. La Feminista Designada de Melbourne se llamaba Paula y accedió a dirigir mi tesina, «La construcción de género en las últimas obras de ficción de Virginia Woolf». En nuestra primera reunión Paula me pidió un esquema por capítulos y me proporcionó una lista de lecturas secundarias.

—Es muy básica —dijo—, pero nos parece que ayuda a los licenciados de Sídney a ponerse al día.

Me embarqué en la lista de Paula y descubrí algo. En el tiempo que había pasado alejada de los estudios, la teoría postestructuralista francesa —la Teoría— había conquistado las humanidades. Cuando se lo conté a Lenny, me informó de que Melbourne llevaba «años Teorizada». Le asombró descubrir que yo había leído algo de Barthes y Genette, pero nada de Derrida ni de Foucault.

—Pero ¿no habías estudiado una doble especialización en Inglesa y Francesa?

—Todo lo de Francesa era una afrenta para el departamento de Inglesa —le expliqué—. Y el módulo de Teoría Contemporánea del departamento de Francesa lo impartía un fulano especialista en Sade. Al principio de mi último año lo identificaron como el violador del campus y lo detuvieron. Estoy casi segura de que el módulo sigue en suspenso.

—Qué retrógrada es Sídney —dijo Lenny con regocijo melburniano.

Al igual que el Mac de Lenny, la Teoría proclamaba que el futuro ya estaba aquí. Para celebrar su llegada, la Teoría había cogido libro, ensayo, novela, cuento, poema y teatro, y los había sustituido a todos por texto. La Teoría rechazaba binarismos, desenmascaraba aporías y postulaba. Postulaba que el significado era inestable e indefinidamente diferido. Se me daban bien los idiomas y me relamía ante la idea de aprender uno nuevo. La Teoría tomaba palabras que yo conocía y las utilizaba de maneras novedosas y sorprendentes. Averigüé lo que significaba *jouissance,* un término que solo me era familiar en un contexto no textual. Descubrí que se había acuñado el verbo «enfatizar». Practiqué el uso en contexto de *différance,* «logocéntrico» y «deseo de poder». Anotaba todos mis hallazgos en fichas. Valoraba las fichas como significantes de erudición seria y me infundí ánimos comprando varios paquetes.

La interpretación del feminismo que hacía la Teoría divergía de la teoría feminista que yo había leído. La Teoría se centraba en el Orden Simbólico y consideraba que la derrota del patriarcado era una meta desfasada. Una no podía derrotar al Padre, que estaba siempre ya muerto, aunque su falo fuese ubicuo en la sociedad y la cultura. Las pensadoras feministas francesas postulaban que la revolución residía en lo Materno, que era algo arcaico, preverbal, preedípico, vinculado a ritmos, colores y tonos. Intuía que en sus argumentos flotaban ideas hermosas y radicales que sin embargo eludían mis tentativas de sacarlas a la luz.

Tras dedicar una jornada entera a la Teoría, salí de la biblioteca migrañosa y abatida. Mis años de licenciatura habían cobrado la apariencia de un páramo. Los cimientos sobre los que yo había esperado construir eran meros escombros bajo mis pies. Para comprender la Teoría, debía dominar la filosofía continental remontándome hasta los griegos. Tenía que leer a Derrida, a Irigaray, a Kristeva, a Cixous, a Foucault, a Lacan, a Nietzsche, a Deleuze y a Guattari. Me pasaba las veladas tumbada en la cama, releyendo las novelas de Woolf con una sensación constante de culpa por no estar leyendo Teoría. Todo lo importante que ocurrió en aquel piso ocurrió en mi cama.

Antigone —Anti para todos— tenía alquilado un piso en el mismo edificio pequeño y *art déco* donde vivía Lenny. Era una diosa guerrera que se parecía a Patti Smith pero con un pelo mucho más turbulento. Anti trabajaba a media jornada dando clases en un instituto y el resto de la semana se dedicaba a hacer arte. Esculturas fabulosas de aire uterino creadas a partir de alambre, cordel y yeso arrojaban sombras enrevesadas sobre sus paredes. Nos gustaba beber ginebra en su balcón, contemplar cómo el sol se estrellaba hoscamente contra la bahía. La bahía fue un socarrón recordatorio de mi sed de conocimiento cuando Anti me preguntó cómo llevaba la tesina. Le hablé de la Teoría. Le hablé de Paula.

—Se pinta los labios de un rojo supercomplejo, y a mí me flipa; el problema es que la mitad se le queda en los dientes.

—No se puede respetar a una mujer con los dientes manchados de carmín —resolvió Anti—. Es como la directora de mi colegio. Lleva medias opacas con zapatones tipo Oxford. Si insistes en usar zapatones, obviamente tienes que enseñar algo de pierna. De lo contrario, pareces un miembro de la familia real.

Diseccionamos unos cuantos crímenes de estilo más, pero enseguida volví a la Teoría. La Teoría había identificado una manera de escribir genuinamente femenina, le conté a Anti. La frase Materna era líquida y no lineal, multidireccional, se lanzaba en picado y ejecutaba bucles, remolinos. Trastornaba las normas. Las feministas francesas reverenciaban a Woolf como ejemplo supremo de escritora en cuya obra podía observarse el elemento Materno disruptivo.

—Total, que todo eso está genial, más o menos —dije—. Lo que me preocupa es la idea de que para las mujeres solo exista una única manera genuina de escribir. Lo veo muy autoritario a la franchute, ¿sabes? Como la moda francesa, que proclama que esta temporada solo existe una silueta femenina correcta y todas tenemos que ser etéreas o curvilíneas o estilizadas hasta nueva orden. Muchas de las ideas más subversivas de Woolf se expresan en una prosa bastante directa.

Anti era de la opinión de que teníamos derecho tanto a frases tipo «realza y moldea» como a frases tipo «quemar el sujetador». Dijo que a ella lo Materno la remitía a vestidos camiseros.

—¿Te acuerdas de ellos? Yo me hice uno. De pana de algodón, azul eléctrico con flores naranjas de pétalos flácidos. Me amaba locamente cuando me ponía ese vestido. Invierno del 75. Tenía dieciséis. La cabrona de la vecina le preguntó a mi madre si me habían hecho un bombo.

Su anécdota demostraba, dije, que la experiencia femenina era indisociable de la realidad cotidiana. El feminismo francés concebía lo Materno como una abstracción, pero lo que lo materno les granjeaba a las mujeres era pérdida de ingresos y pañales malolientes.

—Nuestras vidas siempre se reducen a dinero y mierda.

Esto nos dio pie a analizar la dependencia femenina de los hombres. Anti no tenía nada en contra siempre y cuando una se metiera en esa dinámica con «lucidez y un objetivo». La autosuficiencia era una fantasía feminista, añadió. Todos dependíamos de los demás, en eso consistía la sociedad.

—Y ¿quién ostenta todo el poder en nuestra sociedad? Los varones blancos anglosajones. Fíjate en nosotras, migrantes de primera generación. ¿Acaso pueden nuestros padres auparnos en el escalafón como aúpan los padres anglosajones blancos a sus churumbeles? No. Sobre todo si tenemos —hundiendo las manos cargadas de anillos en la melena y ahuecándola aún más— sueños exquisitos, a lo grande. Ahí es donde entra en la ecuación alguien como Ed. Ed tiene cuarenta y ocho años y se mueve como pez en el agua por el mundillo del arte desde antes de que yo naciera. Él me puede conseguir una galería mejor, críticas de mis exposiciones. Me lleva a sitios elegantes, me presenta a gente elegante. Como a la mujer que me ha ofrecido un estudio gigantesco y tirado de precio. Además, me gusta follarme a Ed.

Sirvió la tercera copa de ginebra.

—¿Estás follando, nena? Me parece que lo que tú necesitas es una *jouissance* de agárrate y no te menees.

Sonó el teléfono. Amabel dijo:

—Es *gaz à effet de serre.*

Paula había concertado una reunión para comentar mis avances, pero en el último momento cancelé. Aquella tarde en la biblioteca me encaminaba hacia las escaleras cuando el aire me trajo su voz. Me refugié en los aseos. A salvo en mi cubículo, la oí entrar y decir:

—... sueño recurrente en el que mato a hachazo limpio a Myron.

Myron era el catedrático de Filología Inglesa.

—Ah, yo también sueño eso —dijo la amiga de Paula—. Solo que yo me lío a tiros. Lo acribillo y él acaba en el suelo, hecho un colador, pero sigue hablando. Erre que erre.

Se preestrenaba en St Kilda una película titulada *My Life Without Steve,* escrita y dirigida por Gillian Leahy, una realizadora australiana. Jamás había visto nada parecido a su película. Abarcaba un año en la vida de Liz, cuyo novio la había dejado por otra mujer. Rodada desde el punto de vista de Liz, la película se desarrollaba íntegramente entre las cuatro paredes de su piso. Una ventana daba a una porción del puerto de Sídney, pero la película giraba en torno a la interioridad. Liz era una mujer cabreada, obsesiva, deprimida. Su voz en *off* meditaba sobre la ruptura y trataba de determinar en qué momento se torció todo. Leía cartas y entradas de su diario en voz alta. Examinaba fotos de tiempos más felices. Se refugiaba en los libros en busca de comprensión y consejos. Citaba a Colette y a Barthes. Discutía con su madre. Cantaba temas de Dylan y de Patsy Cline, canciones sobre el doloroso fin del amor. Se enfurecía.

Pensé: No sabía que esto pudiera ser arte. Era la primera vez que veía en una película mi universo cotidiano y sin glamur. Me provocó un leve estremecimiento. Liz y yo poseíamos los mismos libros de bolsillo, obras con la manzana de Virago o la plancha de Women's Press en los lomos. Teníamos la misma tetera de aluminio con tapa turquesa, el mismo teléfono color crema, las mismas alacenas abiertas. Las sábanas y las cortinas de Liz eran azules, de modo que inferí que compartíamos color predilecto. Sin embargo, por escalofriantes que fueran, todo esto solo eran correspondencias superficiales. Lo que me puso el corazón a mil por hora fue oír mi cerebro al descubierto. Liz volcaba toda su rabia sobre Steve pero también, en igual medida, sobre su nueva amante, Jenny. Jenny era feminista, igual que Liz y sus amigas. Las amigas reprobaban los celos y la furia de Liz. También yo me había topado con ese rechazo; o, más bien, lo había presagiado. Más astuta que Liz, yo rabié en silencio, para mis adentros, censurada por una crítica interior que consideraba los celos una emoción trillada y despreciable, un síntoma mórbido que iba en contra de la práctica feminista. Una o dos veces me había encontrado con Lois por casualidad. La imaginaba despanzurrada, le dedicaba una dulce sonrisa y me escabullía a toda prisa.

Un día me armé de valor o de desesperación para contarle a una amiga que me habían traicionado. Ella se echó a reír. Hablaba como un personaje de novela decimonónica, me dijo. Qué equivocada estaba mi amiga: yo estaba exhaustivamente al día. Gillian Leahy lo entendía. Había hecho una película acerca del interregno y sus caóticas verdades humanas. Jenny / Lois era un síntoma mórbido, igual que Liz / yo.

Al terminar la película, mientras atravesaba el vestíbulo, oí mi nombre. Vino a mi encuentro Kit. Nos hicimos a un lado y, junto a una pared, nos inspeccionamos. Tenía los ojos azul grisáceo, ojos del norte en el sur. Aquel color intensificaba su aura de huesuda ligereza. Junto a nosotros corría el río de gente poniéndose las chaquetas. Kit preguntó qué me había parecido la peli.

—Me ha encantado. Plasma de un modo brillante lo que siente esa mujer.

Él se quedó callado.

—¿Y a ti?

Se pasó la mano por el lustroso pelo castaño.

—Me ha parecido un pelín… ¿exagerada? Justo debajo de su casa había tíos trabajando en los barcos. Podría haber bajado e invitar a cualquiera de ellos a su piso.

Los hombres son verdaderamente maravillosos. ¿Se habría fijado una sola de las mujeres de la sala en los tíos de los barcos? Eran figuras insignificantes, literalmente diminutas, apenas si entraban en plano. Al ofrecernos una experiencia íntima del sufrimiento femenino, la película nos pedía que prestáramos atención a Liz. El comentario de Kit era un acto de violencia, una cuchillada en un lienzo. Me repugnó y al mismo tiempo me resultó una forma de verdad. La Teoría nos enseñaba a hacer lo que había hecho Kit: fijarnos en lo insignificante, leer a contrapelo, desmontar lo que se nos presentaba como inmutable y armarlo de nuevo de un modo distinto.

Y sin embargo.

Le dije que lo que él esperaba que Liz hiciera no era tan sencillo.

—¿Ah, no?

Reflexioné sobre ello.

El mundo se tambaleó, se derramó, resplandeció.

Mi piso quedaba cerca, pero parecía que no íbamos a llegar nunca. Mientras estábamos en el cine había cambiado el viento. No había cogido una chaqueta y mi blusa de bordado inglés tenía calados en forma de flor. Para cuando llegamos a mi casa, había pequeñas flores de frío estampadas en mis brazos y mi pecho.

Estábamos charlando en la cama una noche, con una lámpara encendida y la radio con el volumen bajito, cuando sonó el teléfono. Yo sabía que era mi madre porque le gustaba llamar cuando la tarifa interestatal era más barata. Incapaz de no atender una llamada suya, le expliqué que estaba estudiando y que ya la llamaría al día siguiente. Desde entonces, cada vez que Kit me llamaba por teléfono o a través del interfono preguntaba si me apetecía estudiar.

Nunca hacíamos planes de antemano, pero nos despedíamos con un «Nos vemos pronto». Kit se pasaba los lunes y los jueves, y a veces también en domingo o martes. Los viernes, sábados y miércoles jamás lo veía, y daba por hecho que esos días los pasaba con Olivia. No recuerdo que lo acordásemos, pero yo nunca iba a su casa, supongo que porque Olivia podría haberse presentado de improviso o llamar por teléfono. Si pensaba en ella, era con una sensación de triunfo y algo parecido al desprecio. Estaba convencida de que yo merecía más a Kit, aunque si me hubiesen preguntado por qué, no habría sido capaz de explicarlo.

Lenny y yo estábamos almorzando en el Galleon. Nuestra camarera favorita, una danesa que olía a dentífrico de menta, nos había dado la mesa que nos gustaba por su tablero de formica roja rutilante. Lenny me contó que los padres de Kit estaban de visita en Melbourne y que estaba deseando conocerlos esa noche. Pregunté dónde iban a cenar y me dijo que Olivia los había invitado a todos a su casa.

Sabía que el padre de Kit era farmacéutico y que la madre de Lenny había trabajado para él durante años. Era de esperar que los padres de Kit quisieran ver a Lenny, pero me entristeció sentirme excluida. Algo cambió a partir de ese momento. No podía evitar imaginarlos a todos alrededor de una mesa que Olivia había vestido con un mantel, cubertería maciza y servilletas planchadas. Los padres de Kit elogiarían la comida que ella les pusiera por delante y más tarde, mientras se quitaban el reloj y los zapatos en su habitación de hotel, comentarían una vez más la suerte de que Kit hubiese dado con una chica tan encantadora. Kit se licenciaría en Ingeniería de Minas a final de ese curso, Olivia se graduaría un año más tarde y después celebrarían la boda.

La película se proyectó en mis pensamientos durante todo el fin de semana. La madre de Kit era tan alta y guapa como su hijo, con su misma piel lisa y bronceada. Su padre, talentoso jugador de tenis en sus años de juventud, ahora tenía panza, y una marca de nacimiento aterciopelada en el cuello.

Tumbado bocarriba mientras su semen se secaba sobre mis pechos, Kit dijo:

—A veces me siento acorralado por mi familia.

Esperé a que añadiera algo más, pero se limitó a estirar el brazo para coger un clínex. Me levanté e hice café, calentando primero la leche. Kit me había contado que, inspirándose en mi ejemplo, había empezado a calentar la leche para el café, y me pregunté si ahora Olivia también haría lo mismo.

Cuando regresé al dormitorio, Kit había encontrado mi ejemplar de *Fragmentos de un discurso amoroso* de Barthes y lo leía apoyado en varios cojines. Pensé: Este aspecto tendrá cuando se haya casado con Olivia, sentado a la mesa del desayuno con sus hijos y leyendo *The Age.* Le dije que mi frase preferida del libro era: «¿Quién escribirá la historia de las lágrimas?». Kit respondió que no hacía falta que se lo jurara; la había subrayado dos veces. Le recordé que Liz citaba *Fragmentos de un discurso amoroso* en *My Life Without Steve.* Kit me preguntó si podía prestárselo. Le enseñé mi nombre en la guarda y esperé a que él solito cayera en la cuenta de que si se lo llevaba se arriesgaba a que Olivia lo viera. Dijo:

—Igual no.

En 1986, a los críticos que aplicaban la Teoría a los textos literarios les gustaba meterse en la piel de torturadores. El texto contaba una historia, pero la historia era una cortina de humo. El crítico estaba en la obligación de «indagar» en el texto e «interrogarlo» con el fin de que este «cediera» la historia que ocultaba. El crítico siempre conocía ya todos los detalles de la historia, pero era preciso que el propio texto confesara. Aplicando presión sobre puntos blandos, secretos, el crítico ponía de manifiesto oposiciones espurias, esencialismos crudos, hegemonías burguesas, mecanismos totalizadores, teleologías humanistas, represiones sórdidas, aporías influyentes y muchas más flaquezas textuales. El texto corcoveaba y chillaba ante las atenciones del crítico, pero el crítico era implacable. Las cosas siempre acababan de la misma forma: el texto se deshacía y dejaba en evidencia su significancia. Era «la historia detrás de la historia». Una vez que se revelaba y el texto se hacía añicos, el crítico había ganado.

«Lo he apuntado en una nota para acordarme de no llamarte ni los lunes ni los jueves porque esas tardes tienes seminario. Procura comer bien y estar fuerte. Pareces muy atareada, y lo entiendo perfectamente. Ayer estuvo toda la noche lloviendo a cántaros y hoy todo el día. Avísame si quieres cualquier cosa de aquí, incluso dinero».

Kit era de una ciudad toda plantada de árboles majestuosos de anchas copas, reputada por su colorido otoñal. En invierno nevaba a menudo. La nieve siempre cae en oblicuo, me contó Kit, nunca recta. Otra cosa que me dijo fue que los pigmentos del otoño están presentes en las hojas todo el año. En primavera y verano, la clorofila los opaca. El tiempo frío atenúa el verde, y se manifiestan los dorados y los rojos.

Con lo que sabía sobre él, habría llenado apenas una ficha de tamaño mediano. Sabía que la familia de su madre era dueña de un criadero de caballos, porque alguna vez había bromeado con que la fortuna familiar procedía del semen. Sabía que tenía una hermana más joven que todavía estaba en el colegio y otra mayor que se había ido a Londres a trabajar un tiempo; se llamaban Alice y Meg. Sabía que de pequeño tuvo un poni y tocaba la trompeta. Sabía que poseía una cámara carísima y que había hecho un cursillo de fotografía; le encantaría hacer de ello su profesión, decía, pero no era más que una fantasía. Solía hablar en sueños, discursos suaves, velados, que provocaban que tirase de las sábanas. Un amanecer negriazul, mientras caía la lluvia, lo vi ponerse de lado y musitar algo con una sonrisa. También su mundo se mantenía tercamente inextricable para mí, una extensión rusa de estepas umbrosas.

Le conté a Lenny que la lista de lecturas de Paula se me hacía cuesta arriba. Paseábamos por el muelle una noche cuando me confesé. La oscuridad azogada frente a nosotros mitigaba la vergüenza de la confesión, al igual que el hecho de no tener que mirar a Lenny a la cara.

—Paula es tan… cazadora negra de cuero —comentó Lenny, cuyo armario se componía de vaqueros amorfos y camisas de franela—. Teníamos que contratar a alguien para el comité de profesores, ¿vale?, y en esas surge un nombre, una señora mayor, una lingüista que ha hecho un trabajo admirable con comunidades aborígenes, y Paula va y dice: «Pero

¡es una humanista liberal!». Total, que al final acabamos con un fulano, uno que también gasta cazadora de cuero y que se autoproclama foucaultiano y feminista, y del que cualquier alumna guapa de licenciatura te puede contar lo capullo y baboso que es. Eso sí, ¡nos libramos de una humanista liberal! ¡Hurra, joder!

—Los humanistas liberales son lo peor, Lenny. Son las fuerzas reaccionarias y deben ser destruidos. Hasta yo lo sé.

—Antes los artistas pensaban en el arte a través del arte. Ahora lo hacen a través de la Teoría. ¿Qué ha pasado con la praxis? La izquierda antes soñaba con hacer cosas. ¿Sabes lo que veo constantemente en los seminarios? Mujeres, chavalas de clase trabajadora, chavalas de origen migrante, las clásicas estudiantes que antes se sentían empoderadas por el feminismo y el marxismo, pasándolas canutas para ahondar en la Teoría que ahora se les exige leer.

Apoyado sobre la barandilla del final del muelle, Lenny me recomendó que me olvidara de la lista de Paula.

—Léete un par de guías de esas sobre Teoría y ya está, como la de Eagleton. O Culler, *Sobre la deconstrucción.* Es lo que hacen los de posgrado de mi departamento.

Era un consejo excelente y práctico. Llené otro paquete de fichas con notas. A continuación solo leí ensayos reveladores sobre ficción escritos por brillantes académicas blindadas en el feminismo pero no obnubiladas por la Teoría. Paula era una de ellas. Nunca he olvidado su disección de *El arco iris.* Si bien ejecutaba una genuflexión ante la Teoría, no era más que un ritual para santificar el serio y correoso quid de la cuestión, a saber, el vapuleo de D. H. Lawrence. Paula tenía tirabuzones castaños, como un personaje de Jane Austen, y dos estanques grandes y azules por ojos. La naturaleza había diseñado estos atributos para desviar la atención masculina de su dentadura sanguinolenta. Paula se daba un festín de estupidez patriarcal cruda, y cuando cambié la biblioteca por la oscuridad fría de una tarde de otoño, en mi mente estallaban fuegos artificiales. Al final de la pasarela de ladrillo me gustaba darme la vuelta y lanzarle una mirada al edificio de la biblioteca, a su calma refulgente. Planeaba dedicar todo el trimestre a investigar, y empezar a escribir después de las vacaciones de mayo. En aquellas semanas me envolvió un manto de felicidad, acariciaba el tiempo según pasaba.

Mi madre tardó mucho rato en responder cuando la llamé. Había llegado a casa con jaqueca, me dijo. Cursaba reclamaciones para Medicare y casi nunca se relacionaba con nadie fuera del trabajo, aunque con su hermana hablaba por teléfono. Mi tía tenía una casa, dos hijos varones y un marido blanco que, aunque era alcohólico, estaba vivo, de modo que a mi madre no le agradaba conversar con ella. Cuando le pregunté por sus planes para el fin de semana, me dijo que tenía un par de libros agradables.

En mi primer año de licenciatura paseaba al perro de una profesora que me invitó a la fiesta de su sexagésimo cumpleaños. Se celebró en Glebe una noche apacible de finales de primavera. La casa imponente de la profesora estaba bañada en luz. Su hermana tocaba el chelo en una estancia espléndida. Hubo discursos en la terraza y champán. Una mesa alargada vestida con un mantel de damasco ofrecía jamón, rosbif rosado, salmón ahumado, quiches, ensaladas, pan oscuro y chicloso, un cuenco gigante de fresas, una rueda de queso francés.

La fiesta tuvo lugar en la que resultó ser la última semana de vida de mi padre. Su apetito no había disminuido, pero le dolía tragar y se nutría a base de líquidos ingeridos a sorbitos. Mi madre se estaba matando de hambre porque el olor a guiso era una tortura para él. Yo le preparaba y le llevaba platos que luego descubría intactos en la nevera. Cuando le pedí explicaciones a mi madre, me contó que mi padre olía también la comida calentada al microondas; no sé de qué se alimentó en ese periodo, de helados tal vez. En Glebe me apoyé contra una pared con un plato a rebosar y la mirada esperanzada del perro a la altura de mi rodilla. La velada discurría lenta, como si el tiempo fuese un inválido arrastrando los pies. Dondequiera que mirara identificaba la intensidad postiza de una película. Sonreía a personas con atuendos hermosos, discretos, a las que escuché comentar sus planes para las vacaciones. A siete kilómetros al oeste, mi padre agonizaba en un piso de alquiler.

Cuando me había comido todo lo que me había puesto en el plato, volví a la mesa y repetí. Antes de marcharme ignoré el tocador del final del vestíbulo y subí con desenvoltura. En un cuarto de baño del piso de arriba rebañé crema de manos de un frasco, la eché al retrete y tiré de la cadena. A continuación me metí en el bolso un perfume, maquillaje y una toalla para la cara esponjosa y suave. En el último momento añadí al botín una pastilla de jabón con aroma a jazmín. Deseaba unirme a la burguesía y deseaba destruirla. En cuanto volví a mi casa compartida, vomité.

De vez en cuando le regalaba a Kit un embuste magistral que salía de mi cerebro como hilo de seda de una rueca. El único objetivo de aquellos mitos era revestirme de glamur y misterio. Estuvo la noche en la que afirmé haber mantenido una relación con Iva Davies cuando los Icehouse todavía se llamaban Flowers. De hecho, dije, fue a mí a quien se le ocurrió el nuevo nombre para el grupo, inspirada en mi gélida casa de estudiante. A mí jamás me habían interesado lo más mínimo Flowers / Icehouse / Davies, pero aquella mañana, esperando en la parada del tranvía, había pasado un coche en el que sonaba *Great Southern Land.*

Desde la muerte de mi padre, me convertí en la responsable de mi madre. Ahora era mi hija además de mi madre. A mi hija-madre le encantaban los colores que amusgaban los ojos, los tejidos de lavado fácil reforzados por un viso. Enterraba su cutis impecable y sin poros bajo una capa de maquillaje densa como cemento armado. Además de teñirse el pelo de un modo obvio, le aplicaba algún tratamiento que lo hacía parecer desagradable al tacto. Por su parte, temía que mis prendas de segunda mano hospedasen enfermedades. Le repugnaban mis sobacos frondosos, así como mis pendientes desparejados y mis Doc Martens. Nos incomodaban y avergonzaban nuestras respectivas autopresentaciones. ¿Por qué nuestras hijas se empeñaban en apelar a la censura y la vergüenza rompiendo las normas?

Complementaba la beca dando clases unas horas en el laboratorio de idiomas del departamento de Francesa. Saliendo del laboratorio una mañana me encontré con Olivia.

—Hola —dijo manifestando tal sorpresa ojiplática que solo pude concluir que estaba esperándome. Me preguntó si me apetecía tomar café algún día.

Propuse quedar en St Kilda —el café sería mejor que cualquier brebaje disponible en el campus— y ella se mostró conforme.

Mi local habitual era el Galleon, pero la cité en el Leo's. Era un insulto sutil. El Leo's era un escaparate frecuentado por el respetable que acudía a St Kilda para dejarse embelesar. Aquella tarde de viernes llegué temprano y me senté frente al ventanal. Un viento frío soplaba en Fitzroy Street, donde los plátanos estaban perdiendo sus hojas de venas de cuero. Estaba convencida de que Olivia iba a pedirme explicaciones por Kit, y yo todavía no había decidido si fingir indignación o responderle: «¿Y qué pasa?». Por la mañana había estado a punto de llamarla para anular alegando un catarro.

Los tranvías pasaban repiqueteando bajo nubes en pugna. Vi a Olivia cruzar la calle. Lucía un atuendo característico en ella: cortavientos y unos vaqueros. Se había apartado el pelo de la cara y lo llevaba en una larga trenza que le colgaba por la espalda. Había en su porte una quietud que yo había advertido también en Amabel; era la compostura de las de su casta.

Olivia dejó el bolso en una silla libre y halagué su cuero marrón mantecoso. Acto seguido comenté que hubiese esperado que llevara un bolso más voluminoso. Me miró intrigada.

—Ropa para el fin de semana —expliqué. Mientras lo decía, caí en la cuenta de que seguramente tendría mudas en casa de Kit.

—Ah, es que no voy a casa de Kit esta noche. Normalmente viene él a la mía los viernes, pero tiene que entregar un trabajo gordo la semana que viene.

Me preguntó si tenía planes para el fin de semana. Hablé con entusiasmo: de mi tesina, de Shaz, que ahora vivía en una casa compartida en la zona oriental de St Kilda, de Simone de Beauvoir, que había muerto esa semana. Descubrimos que ambas habíamos devorado su autobiografía. Olivia dijo:

—La vida que creó con Sartre, la manera en que se negaron a hacer lo que la sociedad y sus familias esperaban de ellos. Admiro muchísimo eso.

Apenas unos meses antes le había escrito una carta a De Beauvoir para darle las gracias por su obra.

—Ahora me alegro mucho de haberlo hecho.

Llegaron mi café y el té de Olivia. Había pedido la bolsita aparte y la sumergió brevemente en su taza antes de sacarla y añadir leche. Me ofreció el azucarero, que yo rechacé. Ella se puso dos cucharadas diciendo:

—Por eso estás tan delgada.

Antes lo tomaba con tres azucarillos, le conté, pero en mi casa se nos acabaron una tarde cuando las tiendas ya habían cerrado y desde entonces prescindía del azúcar. Para ser sincera, nunca me había puesto más de dos terrones, pero exageré la anécdota para hacerla sentir mejor.

—Quítate del azúcar cuando las tiendas estén cerradas —la animé—. A ver qué tal.

Las manos contundentes de Olivia me parecieron fuertes mientras removía su té, pero cuando sacó la cucharilla de la taza se le resbaló. Supuse que tendría las palmas sudadas. Me lanzó una sonrisa avergonzada y se secó las manos con una servilleta del dispensador. Dobló y redobló la servilleta hasta formar una tira que a su vez dobló por la mitad y deslizó bajo el platillo.

Me contó que había nacido en Australia Occidental. Su madre era profesora y su padre, geólogo. Ella tenía nueve años cuando se separaron y se trasladó con su madre al este. Pobby y Mops, el tío y la tía de Olivia, tenían una gran propiedad en Mount Macedon y ambas familias formaron allí un hogar. Yo no tenía ninguna intención de someter a mis padres al escrutinio de Olivia, de modo que cuando me preguntó por mi familia revelé pocos datos y contrataqué con más preguntas. Descubrimos que su madre y mi padre habían muerto con pocos meses de diferencia. El padre de Olivia se volvió a casar y vivía aún en Perth; hablaba de él en un tono indiferente, mayestático.

Se quitó el cortavientos y mostró una camisa de cuello abierto roja con estampado de ramilletes de flores blancas. Me alegraba comprobar que había mantenido a salvo el colgante, le dije. De inmediato se llevó una mano al corazoncito dorado. Otra alhaja había desaparecido esa misma semana, me dijo. Mientras me narraba el suceso, yo no paraba de pensar en la espalda morena y alargada de Kit en mi ducha. Tanteaba en busca de una toalla para la cara y se quitaba la espuma de los ojos igual que un niño.

Olivia interrumpió su relato y la cara se le enrojeció. Estaba mirando por encima de mi hombro, de modo que me di la vuelta. Una mujer con el pelo rubio desvaído se había levantado de una mesa y se despedía de sus amigos a la vez que se ponía la chaqueta.

Cuando me volví de nuevo, Olivia seguía teniendo la piel salpicada de manchas. Le pregunté si iba todo bien y me miró como si no entendiera. Entonces dijo:

—La señora esa de la chaqueta azul marino. Por un segundo me ha parecido que era mi madre.

Era un error estúpido, añadió, ya le había pasado otras veces. Al poco de que su madre muriera, Olivia vació su armario y llevó varias cajas de ropa a una tienda de segunda mano. Desde entonces había confundido en dos ocasiones a otra persona con su madre porque la desconocida llevaba lo que parecían ser prendas suyas.

—Esa chaqueta podría perfectamente haber sido de ella. Le gustaba la ropa entallada. Tenía una chaqueta azul igualita.

A lo largo de la conversación, Olivia fue incapaz de sostenerme mucho rato la mirada y no paraba de apartar los ojos. Sabía lo que estaba deseando preguntarme, y que le daban miedo tanto la pregunta como la respuesta, y también que era consciente de que percibía su temor. Sentí por ella una lástima abrumadora, una lástima impotente, como si observara a un animal cuyo sufrimiento yo no hubiese provocado ni estuviera en condiciones de atenuar. A menudo había valorado que la situación no era justa para Olivia. Pero inmediatamente argumentaba que aquello no tenía nada que ver conmigo, que era un problema entre Kit y ella. Estaba haciendo el mismo descubrimiento que había hecho Lois: dadas las circunstancias, lo importante era ser justa conmigo misma.

Después de que nos despidiéramos, me atormentó la sensación de que había hablado demasiado, de que había dicho estupideces y mentido descaradamente. ¿Por qué siempre tienes que dar el cante?, me pregunté en el pasillo de las especias del supermercado. Cuando llegué a casa había una fotografía en mi buzón. La imagen poseía una sencillez y una potencia pueriles: una loma recubierta de hierba en cuya amable cima pastaban unas cuantas ovejas, con una separación desigual entre ellas. El mensaje en el dorso decía: «¿Te apetece estudiar esta noche?». Me embargó un júbilo violento y triunfante, una descarga de alto voltaje primero, seguida de una calidez que me inundó el pecho.

Mi cabeza no paraba de regresar al Leo's y me veía sentada frente a Olivia, observando cómo removía su té. Me preguntaba si Kit sabría que habíamos estado juntas. Yo no se lo conté, porque sacar el tema me incomodaba. Un domingo a última hora llegó a mi piso oliendo a barro y a aire frío. Venía directo de pasar el fin de semana con su familia en el campo, dijo. «No he parado de pensar en estudiar contigo en todo el fin de semana».

Viéndolo vestirse a la mañana siguiente practiqué para mis adentros: ¿Sabe Olivia lo nuestro? Por fin lo dije. Mi voz sonó demasiado estridente.

Kit siguió atándose el cordón.

—Tenemos una relación deconstruida —dijo.

Me hizo gracia la intencionalidad con la que pronunció la palabra «deconstruida», como informando del precio de la entrada al palacio de lo *cool*. Lo recordaba diciendo «bohemio» con el mismo deje autoconsciente. En una ocasión comentó con ligereza que había sacado nota suficiente para entrar en Medicina en la Universidad de Melbourne pero que «no le llamaba». No explicó por qué había terminado cursando Ingeniería en la RMIT, pero era susceptible al respecto. El grupito de Humanidades con el que se juntaba consideraba a los estudiantes de Ingeniería la antítesis de lo *cool*. En cuanto a la RMIT, no era la Universidad de Melbourne y punto.

—¿Significa eso que Olivia también tiene un amante? —pregunté reprimiendo una sonrisa.

—No es necesario inmiscuirla en esto. —Transcurrieron varios segundos. Añadió—: La quiero.

Parecía cabreado y sorprendido, como si una noticia desagradable lo hubiese pillado con la guardia baja.

Aquella declaración me enfureció. ¡Olivia era bienvenida en el amor deconstruido de Kit! Yo era una mujer moderna, perfectamente satisfecha con la necesidad no deconstruida de su cuerpo por el mío, una necesidad que se confirmaba cada vez que nos veíamos. Dijo:

—Cuando estamos estudiando, las piezas de mi vida encajan en su sitio.

Dijo que cuando me vio en el balcón de Lenny, el día que nos conocimos, tuvo que darse la vuelta para ocultar la erección.

—Tuve ganas de agarrarte de un brazo y decirte: «¿Qué importa toda esta gente? ¿Qué hacemos aquí todavía?».

Nunca comíamos juntos; me refiero a comidas en condiciones. Si nos entraba hambre, nos zampábamos unas tostadas con Vegemite. A veces Kit tenía una manzana. Las manzanas eran su fruta favorita, así que, aunque a mí no me gustaban, empecé a comprar un par para él cada semana.

Un día apareció a última hora de la tarde con una fuente grande tapada con papel de aluminio. Había hecho lasaña.

—Mi especialidad. La de la madre de Lenny, mejor dicho. Nos enseñó a prepararla a los dos y nos obligó a hacerla por turnos hasta que nos salió bien.

Metimos la lasaña en el horno y nos la comimos con la poca formalidad que logramos reunir. Yo había puesto unos tarros en la chimenea con una velita encendida en cada uno, y usamos cuadrados de papel de cocina a guisa de servilletas. En un momento dado de la conversación, Kit comentó que había derrapado con la bici sobre las vías del tranvía y que no había acabado en el suelo de pura chiripa. Respondí que siempre había querido montar en bicicleta. Cuando era pequeña, nuestro vecino tuvo un accidente que le dejó una cojera permanente, de modo que mi madre no me dejó nunca aprender.

—¿Quién tiene siempre la culpa? —concluí con dramatismo, y me respondí a mí misma—: ¡La madre!

Kit se ofreció a enseñarme a montar. Dijo:

—Llevaré la mía e iremos al parque.

La extrañeza de la escena, uno al lado del otro en el mundo exterior y luminoso, paseando en el otoño, nos impactó a los dos al mismo tiempo. Ablandados por el vino, nos echamos a reír. Nuestras horas juntos eran indisolubles de la luz de la lámpara, de un plato con migajas junto a mi futón, del olor a polvo del calefactor. Guardé la lasaña sobrante en la nevera y dejé la fuente a remojo en el fregadero. Por la radio una mujer cantaba: *You and me, you and me, you and me, baby…*

Por la mañana quise devolverle la fuente a Kit pero él insistió en regalármela. Dijo que solo preparaba lasaña cuando procrastinaba, algo que no podía permitirse.

—Es una fuente bonita, ¿verdad? —añadió—. Combina bien con tus platos.

Los platos eran de loza con sauces, comprados en la tienda benéfica del Sagrado Corazón, y me conmovió que se hubiese fijado. Ciertamente era una fuente bonita, de esmalte blanco con el borde azul oscuro.

Aquel día se confirmaron los rumores de que se había producido un accidente nuclear de gran envergadura en la Unión Soviética. Yo estaba a punto de quedarme sin bragas limpias, así que bajé a la lavandería. Estaba sonando el teléfono cuando volví. Mi madre quería saber si Australia estaba a salvo de la radiación.

—Por supuesto —dije pensando «¿Quién sabe?».

Me preguntó si Sídney estaría más en riesgo que Melbourne por encontrarse más al norte. Lo que me estaba diciendo era que yo la había abandonado a merced de la contaminación nuclear cuando me había mudado al sur. Le transmití los consejos que había oído en la radio: que durante un tiempo comiera solo tubérculos y evitara los vegetales de hoja verde. Obviamente ella iba a seguir comiendo lo que le viniera en gana, porque ¿qué mujer hace lo que le aconseja su madre? Preferimos ser independientes y morir.

Me percaté de lo absurdo que sería que Kit y yo muriéramos en soledad cuando apenas nos separaba un puñado de manzanas suburbanas. Por primera vez marqué su número de teléfono. Me arrepentí del impulso casi de inmediato. En el momento en que colgaba me pareció que había contestado. Pero la conexión se interrumpió y me parecía una estupidez llamar otra vez.

Empezaron las vacaciones de mayo. Kit me contó que se iba a Australia Occidental una semana. Me preguntó si yo iría a algún sitio y le dije:

—A la biblioteca.

Sin embargo, no salí de mi piso. Me levantaba por la mañana, preparaba café y gachas, rellenaba la bolsa de agua caliente y me volvía a la cama. Con la espalda apoyada en las almohadas y envuelta en una toquilla de lana inmensa llena de pelotillas, empecé a leer los diarios de Virginia Woolf por primera vez, interrumpiendo la lectura para meter las manos bajo las mantas cada vez que se me quedaban demasiado frías para seguir sosteniendo el libro.

Mi edición de los diarios era de bolsillo y en cinco volúmenes. La cubierta de cada uno mostraba diversos artículos personales dispuestos sobre el escritorio de Woolf. De vez en cuando paraba de leer para escudriñarlos. Los cuadernos abiertos proporcionaban un vislumbre de su caligrafía. Me decía que probablemente aquellos cuadernos fueran los propios diarios que yo estaba leyendo, un descubrimiento electrizante. Los anteojos de Woolf formaban parte de la selección; me conmovía especialmente la redondez de las lentes. Había también un collar hecho de conchas brillantes azul verdoso que parecían procedentes del Pacífico. Aquellos objetos íntimos que Woolf había manipulado con tanta frecuencia provocaban una vibración en el tiempo y me la acercaban.

Me salté los dos primeros diarios porque no eran relevantes para las novelas sobre las que yo estaba escribiendo. En lugar de leer de principio a fin los volúmenes que sí me interesaban, me servía del índice para localizar entradas pertinentes para mi trabajo. Rellenaba fichas con notas útiles. Mi intención era leer todos los diarios sistemáticamente una vez que hubiera terminado con el volumen 5, y así fue como una tarde, tras prepararme un platito de galletas maría untadas con mantequilla y Vegemite, abrí el volumen 1.

Llegué a octubre de 1917.

El aire me pareció distinto después de lo que leí.

Al regresar encontramos a Perera con su pechera y su inicial de diamante en la corbata, como de costumbre; lo cierto es que el pobre desgraciado color caoba no tiene variedad de conversación. El carácter del gobernador y los pecados de la Oficina Colonial son sus temas; siempre las mismas historias, el mismo punto de vista, el mismo parecido a un mono enjaulado, afable en la superficie, inescrutable más allá. Me hizo sentir incómoda cuando sacó un sobre con encajes —«Un recuerdo de Ceilán, señora Woolf»—, un soborno, para ser más exactos, pero no tuve más remedio que aceptarlo.

Una nota al pie en la entrada de Woolf del 16 de octubre de 1917 identificaba a Perera como E. W. Perera. Era un nombre muy respetado en Sri Lanka, y yo había aprendido por qué en el colegio. En 1915 estallaron en la colonia británica de Ceilán unos violentos enfrentamientos entre musulmanes y cingaleses. Las autoridades británicas, más susceptibles de lo habitual debido a la guerra con Alemania, interpretó erróneamente el conflicto comunitario como revuelta antimperialista. El gobernador proclamó la ley marcial, la orden de «disparar a discreción» provocó decenas de ejecuciones sumarias y diversos líderes locales fueron encarcelados sin motivo.

Un grupo de ceilaneses se reunió en secreto en la casa de E. W. Perera y redactó un memorando dirigido al secretario de Estado británico para las Colonias en el que se detallaban las atrocidades y se pedía la derogación de la ley marcial. Se decidió que Perera llevaría el memorando a Londres, un viaje plagado de peligros debido a la amenaza de submarinos alemanes y minas en las rutas de navegación. Lo escogieron a él por ser abogado y cristiano, lo que atenuaba las suspicacias de las autoridades británicas. Más que por activista, lo tomaron por académico, se tragaron la patraña de que pretendía llevar a cabo una investigación en el Museo Británico y le concedieron autorización para viajar. Perera zarpó en un buque con el memorando cosido dentro del zapato. Después de que el contenido del texto se hiciera público en Londres, el gobernador colonial fue destituido y los líderes ceilaneses encarcelados quedaron en libertad.

El Gobierno británico pidió al nuevo gobernador que investigara la reacción de su predecesor ante los disturbios. Cuando llegó el informe, resultó ser un lavado de cara. Perera, junto con otros destacados ceilaneses que se habían reunido con él en Inglaterra, hicieron presión para que se realizara una investigación más exhaustiva.

Antes de casarse con Virginia Stephen, Leonard Woolf había prestado servicio en la administración colonial en Ceilán. Simpatizó con Perera y sus compatriotas y colaboró con ellos para dar con la mejor manera de llevar adelante su caso. Ganaron apoyos entre los miembros del Parlamento británico y la prensa de izquierdas, pero las peticiones para que se hiciera una investigación formal acerca de la respuesta a los disturbios fueron ignoradas, y el esperado debate en la Cámara de los Comunes nunca llegó a celebrarse.

Mi póster de Woolf era una reproducción de la famosa fotografía que le hicieron de joven. Llevaba un vestido blanco o de color claro, en un encuadre frontal pero con la cabeza vuelta hacia la derecha, la larga melena oscura recogida por encima de las orejas y formando un moño en la nuca. Mira hacia abajo con los labios ligeramente separados, como si estuviera a punto de decir algo. Había puesto la imagen encima de mi mesa porque me complacía imaginar a Woolf dedicándome una palabra de ánimo mientras me veía trabajar.

Aquella tarde, sentada a mi escritorio presidido por ella, transcribí la entrada del diario correspondiente al 16 de octubre de 1917 en una ficha. Copié unas cuantas entradas más, todas ellas con el denominador común de manifestar síntomas mórbidos del mismo estilo. Luego rompí las fichas en mil pedazos diminutos y las hundí a conciencia en el fondo del cubo de basura, debajo de los demás desperdicios.

Un pobre desgraciado color caoba ataviado con sus mejores galas fue entregado a una Woolf.

Él llevo a cabo su actuación.

Ella evaluó.

Ni sobresaliente.

Ni aprobado con mérito.

Ni aprobado.

Shaz llamó para invitarme a un concierto y me inventé una excusa. Hacía un tiempo de perros y el mundo se iba a acabar. Los tranvías pasaban haciendo sonar la campanilla. Uno chirrió al doblar una esquina justo cuando estaba conciliando el sueño y pensé que había un ánima en mi ventana. Los platos se acumulaban en el fregadero. Cada vez que sumaba alguno a la pila, pensaba en el póster de la cocina de Anti: «Cuando hayas destruido el Estado, seguirás teniendo que fregar los platos». La basura se acumulaba en el cubo de mi cocina. Todo el mundo me había asegurado que en Melbourne no había cucarachas, pero mi corazón sidneyés me decía que solo estaban escondidas, organizándose para el ataque.

Benedict llamó para charlar un rato. Estaba escribiendo un libro de relatos conectados, me contó. Lo había titulado *Bildungstheorie.* Le pregunté qué significaba y me dijo que las historias iban sobre un adolescente nacido en el seno de una familia homófoba de Nueva Zelanda que construye su noción del yo a partir de la Teoría.

—Básicamente el libro va sobre mí.

El teléfono sonó en plena noche. Los pitidos de la llamada interestatal me parecieron señales de neón parpadeantes con las palabras «madre» y «emergencia». Kit pidió perdón por llamar cuando en Melbourne era tan tarde.

—He salido a correr después de cenar y he visto una cabina.

Le pregunté cómo iban las vacaciones y respondió que preferiría estar estudiando. Fue una conversación breve porque enseguida se quedó sin calderilla.

Uno de los primeros detalles en los que me fijé de Olivia fue que tenía los pechos más turgentes que yo. Pensé en Kit acurrucándose contra esos pechos glamurosos en Australia Occidental. Pensé: A lo hecho, pecho, ja, ja. Pensé: Debería aplicarme la fórmula mágica de Kit para Liz: salir a la calle, buscarme a un tío, invitarlo a mi casa.

En *Un cuarto propio,* publicado en 1929, Woolf escribe: «Las mujeres reflexionamos sobre el pasado a través de nuestras madres». Es una de sus observaciones más célebres, consagrada en el pensamiento feminista; emite un resplandor casi religioso.

Sopesé lo que podía significar que una hija reflexionara sobre el pasado a través de su madre.

Cuando Woolf era joven, la mesa del té ocupaba el centro de la vida familiar. Cada día su madre, Julia Stephen, presidía el té de las cinco en el salón principal. El té en el salón principal era un ritual estético y requería un tipo de conversación muy concreta: chispeante, fluida, liviana. A Julia Stephen se le daba de maravilla. Observándola, sus hijas fueron asimilando las normas. Tras su muerte, su esposo, Leslie, exigió a las muchachas que ocuparan el lugar de su madre a la mesa del té. Virginia y su hermana Vanessa llegaron a aborrecer esta ceremonia cotidiana en la casa del padre, sus modales prescritos, la restrictiva «cortesía de mesa de té» que imponía.

Cuando Leslie Stephen murió, en 1904, sus hijas instituyeron una nueva forma de vida hogareña escandalosamente laxa en la que las categorías eran cambiantes. Después de cenar, Virginia y Vanessa bebían café en lugar de té, y sustituyeron el papel higiénico por servilletas de mesa bien almidonadas. Bajo su techo, hombres y mujeres conversaban juntos y libremente acerca de todo, incluso de sexo.

Sin embargo, en 1917 un ciudadano colonial preocupado por la injusticia imperial se presentó en el salón de Woolf a la hora del té. Su conversación, centrada en la política, carecía de la ligereza y la chispa características de la cháchara victoriana de la hora del té. Era color caoba, iba excesivamente arreglado y se lo veía incómodo, y la aversión de Woolf se impuso a su modernidad. Al dejar registro de la visita en sus diarios, escribió reflexionando a través de su madre.

Kit me trajo un regalo de Australia Occidental, una caracola blanca diminuta y engurruñida. Pasamos una tarde y toda una noche juntos. Estar con él otra vez resultaba nuevo y a la vez encantadoramente familiar; excitante y amigable al mismo tiempo.

«Eché de menos escuchar tu voz el domingo, pero comprendo que tuvieras que desconectar el teléfono para estudiar sin interrupciones. ¿Es calentito tu piso? Dicen que en Melbourne hace mucho frío en invierno, pero supongo que tendrás que aguantarte ya que estás ahí porque has querido».

Mayo dio paso a junio al ralentí. Podría haber jurado que nada había cambiado en ausencia de Kit, pero no pudo ser así. Pasamos varias noches más juntos hasta que una mañana me oí decir que no quería verlo más. Kit se puso serio, pero no me preguntó por qué. Y menos mal, porque la servilleta de papel muy doblada que se me había venido a la cabeza no constituía lo que se dice una buena explicación. Nos besamos con ternura largo rato antes de despedirnos y ninguno de los dos dijo: «Nos vemos pronto». Con la frente apoyada en la puerta oí sus pisadas bajando las escaleras.

La cortina de terciopelo verde de la ventana de mi dormitorio estaba raída por algunas partes. La hoja superior había sido sustituida por una lámina de vidrio abollada. Aquella mañana luminosa, las paredes estaban recubiertas de lentejuelas de sol. La cama recordaba aún nuestros olores animales. «Déjalo tú. Tienes que cortar tú. Ser la guay». Me quedé allí tumbada mientras el aire se enfriaba a mi alrededor, sintiéndome vieja y serena.

La casa de huéspedes del final de la calle tenía en la planta baja una alta ventana en voladizo en la que solía sentarse una mujer con un halo de pelo blanco, enmarcada por las cortinas naranjas, a contemplar el jardín de cemento. Un día la vi sacando un sobre de los buzones que había junto a la cerca cuando me dirigía a la estación. Su atuendo me llamó la atención: jersey azul pastel, pantalones rojos, calcetines rosas. Todo se veía muy ajado, pero los colores eran sinfónicos. Le ofrecí un brioso «¡Buenos días!» y una sonrisa.

Sostenía un sobre mecanografiado dirigido a la señora Pearl Walker.

—¿Eres koori[3]? —preguntó, y dio media vuelta cuando le dije que no.

Los pasillos sofocantes del departamento de Filología Inglesa olían a fotocopiadora y a miedo. Un grupito de alumnos se arracimaba alrededor de un tablón de anuncios, riéndose con disimulo de una tira cómica compuesta de tres viñetas dibujadas a mano:

1. Estudiante feliz llega a la universidad abrazado a un osito de peluche llamado Literatura.

2. Tutor gruñón con camiseta que reza «Teoría» hace fosfatina el osito.

3. Estudiante llora.

[3] Gentilicio de los aborígenes australianos en los estados de Nueva Gales del Sur y Victoria.

Paula dijo que esperaba que tuviera el borrador de un capítulo para entregarle. Había estado leyendo los diarios de Woolf, le dije a la vez que le ofrecía mi ejemplar del volumen 1. En 1986 la maquinaria del racismo operaba con discreción. Era algo innombrable, vergonzante y cotidiano. ¿Cómo deslizarlo en una frase sobre Virginia Woolf? No era capaz siquiera de deslizarlo en una frase sobre mí.

Paula echó un vistazo a las entradas señaladas con pósits mientras yo echaba un vistazo a mis rodillas o al póster de Woolf de Paula. Era como el mío, solo que el de ella estaba enmarcado y protegido por una lámina de cristal. Paula me devolvió el diario diciendo que por supuesto Woolf era una esnob tremenda e imperdonablemente grosera con la gente de las colonias. A Katherine Mansfield la había calificado de plebeya.

—En fin, ¿cómo llevas el capítulo?

—Los diarios han acaparado toda mi atención.

Era fácil que las lecturas de fondo se convirtieran en una vorágine peligrosa, dijo Paula. Me instó a ponerme seria y empezar a escribir. Pura cuestión de equilibrio: era importante no concentrarme en lo que en resumidas cuentas no era más que una fracción ínfima de los millones de palabras que Woolf escribió. Señalé que era una fracción bastante considerable de lo que había escrito sobre los ceilaneses. Dulcificaba la voz y esbozaba una sonrisa de oreja a oreja para disculparme ante Paula por ser la pobre desgraciada color caoba en su salón. De un momento a otro sacaría un sobre cargado de encajes.

Paula se atusó los tirabuzones.

—Esa clase de ideas atroces estaban a la orden del día en aquella época, desde luego. Es importante no perder eso de vista.

Tuve ganas de decir que en general Leonard Woolf se las había arreglado para trascender esa clase de ideas atroces, pero no supe cómo formularlo.

—El antisemitismo de Woolf, por ejemplo —continuó Paula—. Te habrás encontrado con un sinfín de ejemplos en tus lecturas. Un sinfín. Entre otras perlas, afirmaba que odiaba haberse casado con un judío, y se refería a su esposo como «el judío» en su presencia. A él no le importaba; estaba acostumbrado a esa clase de comentarios. Yo he contextualizado en la historia ese aspecto de Woolf y ahora lo he dejado a un lado. A pesar de que soy judía.

Debió de quedar patente mi sorpresa, porque añadió que, para ser del todo precisa, su madrastra era judía.

—Mamá murió cuando yo era un bebé, de modo que mi madrastra es en realidad mi madre.

Paula me recordó que yo había decidido escribir sobre tres novelas: *Las olas, Los años* y *Entre actos.* En mi tesina podía mencionar lo que Woolf contaba en sus diarios acerca de la escritura o la recepción de dichas obras, pero no dejaba de ser opcional.

—Cíñete al desglose de capítulos que ya me entregaste. Céntrate en la ficción. Estás cursando una maestría, no un doctorado. Lo único que tienes que hacer es cumplir con los requisitos de la universidad. Ningún examinador pondrá objeciones si descartas los diarios.

Me sugirió que preparara una ponencia para el ciclo de seminarios de posgrado del departamento. Me proporcionaría una fecha de entrega a corto plazo y por tanto un incentivo para escribir.

Después, entre las estanterías de la biblioteca, pasé un rato alternando entre deambular y encender lámparas inútiles y quedarme muy quieta hasta que todo se oscureció.

Cuando salí de la biblioteca me crucé con Amabel y su gemela tres décadas mayor. Mops era inglesa y lucía una melena carísima. Llevaba a Amabel a almorzar. Amabel me invitó al salón del que era anfitriona junto con Olivia, el primer sábado de cada mes.

—Hemos estado ensayando un dúo de violín y luego alguien recitará algún poema o leerá algo que haya escrito. El mes pasado, un amigo trajo un disco de Janet Baker cantando *Where Corals Lie;* no creo que la conozcas, una pieza sublime. Terminamos siempre con una lectura dramática de Shakespeare en la que participan todos los asistentes. La próxima es *Como gustéis.* Seguro que podemos apañarte un papelito.

Sonó el teléfono. Cuando contesté, la persona al otro lado de la línea colgó.

Le pregunté a Anti si había leído *Un cuarto propio* y me respondió que la duda ofendía.

—Ese libro me explicó mi vida.

—Fue lo que pensé cuando lo leí.

—Explica la vida de todas y cada una de las mujeres de este planeta.

Le pregunté a Lenny si había leído *Un cuarto propio.* Dijo que Virginia Woolf era un producto de la clase media alta británica y que sus libros iban dirigidos a mujeres como ella.

—No tenía ni idea de las vidas de la clase trabajadora.

Le pregunté a Shaz si había leído *Un cuarto propio.* Dijo que le había cambiado la vida.

—Virginia Woolf era como mi madre, si mi madre hubiera sido como yo quería.

Pensé en su / mi / nuestra Madre Woolf. Ella era nuestra *Bildungstheorie,* la que nos mostraba cómo entendernos a nosotras mismas en relación con el mundo. Nuestras madres cerraban puertas con el fin de mantenernos a salvo y nunca dejaban de advertirnos acerca de los peligros que acechaban fuera. La Madre Woolf exclamaba: «¡Imaginad!» y abría puertas en nuestras mentes. Era la persona a la que recurríamos cuando nuestras madres nos fallaban. Nuestras madres nos fallaban porque: 1) estábamos obligadas a ignorarlas; 2) no parábamos de endosarles nuestros pañales malolientes; 3) ellas no tenían una renta de quinientas libras anuales y un cuarto propio en una placita de Bloomsbury.

La Madre Woolf resultaba ser también una esnob racista y antisemita, y nos fallaba porque las madres están obligadas a fallar. Sin embargo, sus escritos sobre las mujeres nos inspiraban y nos infundían valor porque nuestra imaginación era más grande que la de ella. Nuestra imaginación nos proyectaba en frases concebidas para inglesas de clase media alta. Nos catapultaban hacia un futuro en el que éramos artistas e investigadoras y nuestras vidas eran aventuras experimentales. En ese futuro podíamos destruir a la Madre Woolf, despedazarla y acabar huérfanas de madre y compungidas. O podíamos enmarcarla, colgarla de una pared y conservarla bajo un cristal.

La Teoría me había enseñado a mostrarme cauta ante los y/o, de modo que se me ocurrió una solución diferente. El reconocimiento se encontraba en el término medio entre la negación y la destrucción. Con sumo cuidado deslicé un cuchillo entre la pared y los cuatro pegotes de masilla que sostenían mi póster de la Madre Woolf. Se desprendió sin sufrir daños de su ubicación encima de mi escritorio y la reubiqué en la pared oscura detrás de la puerta de la calle. Ahora que estaba acorralada y sus ojos quedaban a la altura de los míos, su mirada cabizbaja era la de una niña traviesa incapaz de mirar a la cara a su padre o a su madre.

Mi cuarto de baño se encontraba en el extremo opuesto del corredor. No tenía ventilador extractor y la ventana se había deformado y no se podía abrir. El vapor de mis duchas se colaba al pasillo y no paraba de despegar a la Madre Woolf, pero ella siempre se las ingeniaba para quedar colgando de una esquina o dos.

Mis fichas daban testimonio de las tendencias actuales en los estudios sobre Woolf. Las feministas francesas la adoraban porque su prosa radicalmente Materna desbarataba la Palabra del Padre y el Orden Simbólico. Las feministas angloamericanas la adoraban porque escribió ficción protagonizada por mujeres y teorizó sobre las condiciones materiales de las vidas de las mujeres. Paula la adoraba porque Paula necesitaba «una gran escritora apta para el alumnado de licenciatura» en su módulo de primero sobre modernismo. Gertrude Stein no era «apta para el alumnado de licenciatura», y Sylvia Plath lo era hasta extremos problemáticos; en Sídney, donde figuraba en el plan de estudios, yo conocía a cantidad de mujeres jóvenes que redactaban trabajos apasionados, estremecedores y exentos de notas al pie sobre «Sylvia».

¿Acaso los diarios de Woolf representaban una faceta de su identidad, mientras que su ficción y sus ensayos representaban otra? Si sus diarios expresaban sus pensamientos íntimos y sus novelas expresaban los públicos, ¿significaba eso que su yo diarístico era el verdadero? ¿Existía una jerarquía de identidades Woolf y, en caso afirmativo, era una más profunda / más auténtica / más noble / mejor que la otra?

Es más:

¿Por qué estábamos leyendo sus diarios íntimos?

Con su manera deslumbrante de crear imágenes, Woolf tenía un torrente de metáforas para su diario. Era una papelera. Era una bañera en la que sumergirse. Era una almohada sobre la que llorar. Era un laboratorio para experimentos de estilo. Era un pañuelo en el que soltar la mucosidad de la depresión («Estornudar y sonarme es mejor que incubar gérmenes»).

Otra metáfora para un diario es una recopilación de síntomas mórbidos. Algo trascendental se derrumbó en vida de Woolf. Tuvo que idear nuevas formas de ser y de plasmar ese ser en la literatura, algo complicado y emocionante. Sus diarios eran lo que ocurría en el interregno entre la vida que se inventó para sí y su representación y teorización de las vidas de las mujeres en libros rompedores. Cuando los diarios ya no lograron contener los síntomas, se adentró en un río con los bolsillos llenos de piedras.

Si yo llevase un diario, rebosaría de síntomas mórbidos sobre Lois, para empezar.

Y si Lois, por hache o por be, leyese mi diario, seguro que no querría escribir una tesina sobre mi obra.

A medida que se avecinaba el invierno, corrientes que habían coqueteado con los icebergs se colaban por mis ventanas mal ajustadas y se precipitaban por mis habitaciones. Ráfagas procedentes del océano Antártico corrían por las calles sin encontrar obstáculos, con sus fríos cabellos sueltos. Joseph Brodsky decía que ríos y calles eran «las cosas largas de la vida»; se habría sentido como en casa en Melbourne. Haciendo alarde de perspectiva según se desvanecían en lontananza, las calles interminables, llanas e imperturbables de la ciudad me hacían sentir como si pudieran ampararme eternamente. Me preguntaba si, de quedarme allí el tiempo suficiente, mis pensamientos se dilatarían, si se desenrollarían sin interrupción, sin prisa ni inquietud por una meta.

Desde mi puerta trasera gozaba de unas vistas de cristal distante, vertical. Las torres que jalonaban St Kilda Road trataban de contrarrestar la oscuridad invernal con sus vertiginosas cuadrículas de luz. En las horas diurnas, sus caras espejadas multiplicaban las nubes. Sídney era un lugar donde los árboles estaban hechos a escala de dinosaurio, un lugar donde se percibía una proximidad con el tiempo profundo. Melbourne parecía ingrávida; un espejismo moderno flotando en el presente.

«Babs llamó ayer y no paró de soltar chorradas. Por lo visto, la han hecho supervisora. Me ha invitado a almorzar por su cumpleaños, pero no sé si me apetece. Se tarda mucho en llegar, y después de la última vez que estuve en su casa tuve la tripa revuelta. Sirvió la berenjena flotando en aceite, pero a Babs no se le puede decir ni pío. Su cumpleaños es el día 2 del mes que viene. No te olvides de mandarle una tarjeta o me pondrá la cabeza como un bombo».

Olivia nunca me había parecido gran cosa; ahora, en cambio, me atormentaban los planos amplios y recios de su rostro. Era una cara fotogénica, saltaba a la vista. En cuanto al color de su pelo, lo habría descrito como mostaza, pero cuantas más vueltas le daba, más claro se volvía. Shakespeare lo había explicado ya: «El cabello de mi dama son hilos de oro batido». Había descrito también el mío, el famoso «alambre negro». A ninguna mujer le agrada cómo suena eso, y nunca hemos creído que a Shakespeare sí. Cerraba los ojos y veía el pelo de Olivia convertido en una aureola brillante de pan de oro. Encontré la palabra adecuada para ello: «gloria». Transitaba sus días envuelta en gloria, una mujer guapa de piel lechosa.

Cuando mandé a Kit a paseo, estuve dos días sin ducharme. Retrasé el momento de llevar las sábanas a la lavandería y cuando por fin lo hice y salieron de la secadora oliendo solo a limones templados lo sentí como una derrota. Sin embargo, en quien no dejaba de pensar era en Olivia, no en Kit. A veces surcaba vías de tranvía a lomos de su bicicleta y a veces tocaba el piano y a veces sonreía a una cámara que levantaba Kit. Básicamente, Olivia estaba desplazando a Lois como foco de mis síntomas mórbidos.

Un letrero de cerveza Foster's sustituyó al neón de Coca-Cola en St Kilda Junction. Benedict lo interpretó como un esperanzador cambio de lo global a lo local, pero Lenny no vio más que otro síntoma de «las energías creativo-destructivas» del tardocapitalismo. Benedict, que parecía vivir del aire, tenía un apetito insondable y estaba engullendo con voracidad una ración doble de huevos con beicon en el Galleon. Los demás dábamos buena cuenta de unas spanakópitas en torno a nuestra rutilante mesa roja, y Lenny nos entretenía con comentarios desalentadores sobre el discurso publicitario y su manera de interpelar al consumidor.

Ese día Benedict trajo a una amiga. Unos años más tarde, cuando vi el tráiler de *El amante,* la película basada en la novela de Marguerite Duras, en un primer momento me pareció que la protagonista era Maeve. Cuando nos conocimos estaba estudiando danza y arte dramático y nos habló de chakras con el ceño levemente fruncido, concentrado. Era sábado a la hora del almuerzo, de modo que el Galleon estaba a rebosar. Los clientes que iban y venían vislumbraban a Maeve, miraban para otro lado y volvían de nuevo la cabeza para mirarla en un sobrecogido elogio a su cara.

Decidí dejarme el pelo largo.

Kit vivía en el tramo deprimente de Carlisle Street entre Barkly Street y Brighton Road. Aquel mes de julio me aficioné a pasar por delante de su edificio a la hora punta de la tarde, cuando el aire olía a algas y a gases de escape, con la esperanza de encontrarme con Olivia yendo a su piso. Ansiosa por que no se me escapara, buscaba una cabeza clara en el hervidero de trabajadores apresurados de camino a casa. Como no estaba segura de qué tranvía cogería —podía incluso tomar el autobús de Punt Road—, no paraba de dar media vuelta y volver sobre mis pasos.

Una vez escribí una larga disertación sobre «El triunfo de la vida» de Shelley. Recordaba su visión de un gran torrente de gente con prisas, cada cual apurando el paso sin saber en el fondo adónde se dirigían, «profusos como mosquitos». El poema contenía un viento sur y un frío glacial y la fulminación del deseo, y todas estas correspondencias con mi entorno y mis deseos confirmaban la pertinencia de mi presencia en la calle. *Un coche frío y radiante con una música brutal,* cité para mis adentros en el momento en que un tranvía iluminado pasó como en un retozo.

Empecé a obsesionarme con la camisa roja que le había visto a Olivia en el Leo's.

—¿Dónde puedo encontrar una camisa de cuello abierto que quede plano? —le pregunté a Anti—. No me gustan los cuellos estándar que sobresalen por arriba.

Anti me miró de arriba abajo.

—Eso es porque eres de torso corto y piernas largas. Un cuello abotonado muy arriba te tapa el cuello y te mengua aún más la mitad superior. Necesitas algo abierto a esa altura para generar longitud. Nada de cuellos vueltos para ti, nena. Y otra cosa: las cinturas altas deberías evitarlas, pero si ya te has comprado una falda o unos pantalones de talle alto, ni se te ocurra remeterte la parte de arriba o acabarás con las tetas rozando el cinturón.

¡Me dejó con la boca abierta!

—Con la de cosas que evito porque me veo rara. ¡Me acabas de explicar por qué!

Anti se levantó y adoptó una pose de diva.

—Es el objetivo del arte —dijo con ampulosidad—. Dar forma a la experiencia. Dar sentido a nuestras vidas.

Estábamos tomando café en su estudio de Prahran, donde Anti estaba preparando una exposición nueva a partir de imágenes enormes sobre láminas de papel de estraza unido con cinta. Había dibujado al carboncillo, a continuación había difuminado o borrado los trazos y luego había dibujado de nuevo por encima. El resultado era borroso, alucinatorio. Veía interiores y fachadas, cariátides, arcos ciegos, columnas torcidas, escaleras que no conducían a ninguna parte. Espacios abovedados y umbrosos contenían formas que semejaban motores y poleas y demás maquinaria potente. Rostros asomados a ventanas con barrotes, o tal vez escudriñando un interior desde fuera. Un tren detenido en una estación donde gente con sombrero y gruesos abrigos esperaba en el andén. Imágenes que se originaban en la realidad pero la trascendían, insinuaban recuerdos semirreprimidos o acaso sueños.

La serie se titulaba *Junta,* me explicó Anti.

—Toda la mierda militar asesina de todos lados y su maquinaria de muerte. Grecia, obviamente, pero también Argentina, Chile.

Con los brazos en jarras daba vueltas lentas por el estudio contemplando su obra.

—Todo esto ha estado dentro de mí, pugnando por salir, durante años. Tenía que darle expresión. Tenía que encontrarle una forma. Es un trabajo sólido. —Se volvió hacia mí con el semblante iluminado de cavilaciones—. Para mí la pintura histórica se ha terminado. Voy a concentrarme en hacer arte que no parezca arte. Arte que transmita la sensación de unas mujeres hablando de sus movidas cotidianas, como nosotras ahora mismo, yo resolviendo todos tus problemas…

Hice como si le diera un puñetazo, pero pensaba en mi sensación de embeleso ante la película de Gillian Leahy sobre la vida de Liz / mi vida: «No sabía que esto pudiera ser arte».

Mi madre no cabía en sí de gozo por teléfono. En Pascua había recogido el correo de los vecinos en su ausencia y a modo de agradecimiento estos le habían regalado un fular de seda verde tornasolado. Mi madre aborrecía el verde porque creía que daba mala suerte. Verbigracia: desoyendo su consejo, mi padre se había comprado una camisa verde de cuadros, y ¡adivina lo que llevaba puesto cuando le dieron el diagnóstico! Total, que mi madre le había regalado —encasquetado— el fular a mi tía por su cumpleaños, matando así dos pájaros de un tiro: se había ahorrado el precio de un regalo y le había transmitido la desgracia a su hermana.

Pregunté cómo había reaccionado mi tía al fular.

—¡Uh, estaba emocionada! Emocionada hasta la médula —dijo mi madre en un tono a medio camino entre el triunfo y el desdén. Acto seguido procedió a soltarme un sermón por haber olvidado el cumpleaños de mi tía y me hizo prometer que le mandaría una postal de «felicidades con retraso».

A mi madre la aversión por el verde le venía de su madre, quien a su vez quizá la recibió de la suya. No tengo ni idea de cómo la había eludido mi tía. Yo sabía también que, si mi madre se portaba mal cuando era pequeña, mi abuela le decía: «Tu padre no te va a querer tanto como a tu hermana».

Mi madre añadió que había descubierto en el fondo de un cajón una corbata que había sido de mi padre. Tanto mi padre como el padre de la Madre Woolf se llamaban Leslie, un nexo tan ínfimo y placentero como la conexión de Leonard Woolf con Ceilán. Mi madre siempre había llamado a mi padre Les, pero ahora decía «Less», pronunciando su nombre con un siseo arrastrado. Yo la corregí. Ella me ignoró. No sabía si regalarle la corbata al marido de su hermana.

—Compré esa corbata para Less. Costó mucho dinero y está como nueva.

—Lezz —dije levantando la voz—. Lezz.

—¿Por qué gritas? No me grites.

—Quieres decir que compraste la corbata para Lezz.

—Pues lo que te estoy diciendo. —Parecía desconcertada—. Es la corbata que le compré a Less justo antes de que se pusiera malo.

Al cabo de un tiempo de que me fuera de casa, mi madre empezó a referirse a las revistas femeninas que compraba cada semana como «libros». Del mismo modo, cuando me gradué y empecé a trabajar aludía a «tu tienda de encuestas de mercado». Era inútil explicarle que trabajaba en una oficina, igual que ella. Me di cuenta de que «Less» era otra de esas misteriosas locuciones. Antes de colgar lo repitió una última vez. Mi padre se había convertido en Less[4].

Le hablé a Lenny de la descripción que hacía Woolf de E. W. Perera. Dijo que era una lástima que no hubiera optado por investigar a, por ejemplo, Salman Rushdie.

—Los estudios poscoloniales son un campo nuevo importante.

---

[4] Este hipocorístico, que convierte la 's' final sonora en sorda, se escribe y pronuncia igual que el adverbio *less,* 'menos'.

—Paula no querría dirigirme algo así. No está familiarizada con ese ámbito; lo suyo es la escritura femenina.

La razón detrás de aquella razón radicaba en la vez que quise cursar español como asignatura extra en el colegio. Necesitaba autorización del señor Richardson, el tutor de décimo curso, y él me preguntó por qué mejor no aprendía indonesio o japonés. «¿No sería más apropiada una lengua asiática para una persona con tus orígenes?».

Pensé que más apropiado aún sería que estudiara indonesio o japonés una persona con los orígenes del señor Richardson.

La razón detrás de aquella razón radicaba en mi reticencia a destruir a la Madre Woolf.

Seguía renovando la masilla de su póster.

Seguía atendiendo las llamadas de mi madre.

En su ensayo autobiográfico *Esbozo del pasado,* Woolf escribe:

> Todavía me estremezco de vergüenza al recordar a mi hermanastro, de pie en una cornisa, con seis años o así, explorando mis partes íntimas.

El hermanastro del que habla es Gerald Duckworth, que tenía diecisiete o dieciocho años cuando los abusos tuvieron lugar.

Un poco más adelante en el mismo texto, Woolf escribe lo siguiente sobre su otro hermanastro, George:

> Solían decir que era padre y madre, hermana y hermano en uno; y todas las ancianas señoras de Kensington y Belgravia

añadían de forma unánime que el Señor había bendecido a las pobres chicas Stephen hasta lo indecible y aún estaba por demostrar que fueran dignas de tamaña devoción [...]. Las ancianas señoras de Kensington y Belgravia no sabían que George Duckworth no era solo padre y madre, hermano y hermana para las pobres chicas Stephen, sino que también era su amante.

Nadie sabe con exactitud cuándo empezó George Duckworth a abusar sexualmente de las chicas Stephen. Pudo ser poco después de la muerte de su madre, cuando Woolf tenía trece años. Lo que queda claro por su testimonio es que sucedía cuando ella tenía dieciocho y George treinta y dos.

En su biografía de Woolf, su sobrino Quentin Bell observa:

> Años después, los amigos de Virginia y de Vanessa se sorprendían un poco ante el escarnio hiriente, la franca virulencia con que las hermanas se referían a [George].

Cuando Woolf tenía ya cincuenta y tantos años, recordaba aún lo mucho que le «indignaba, desagradaba» lo que hacía George cuando se metía en su cama. Y pregunta:

> ¿Qué palabra emplear para un sentimiento tan tonto y tan contradictorio? Debió de ser intenso, puesto que aún me acuerdo.

Los sentimientos tontos y contradictorios son conocimiento que reside fuera del lenguaje y fuera del tiempo. Al recibir la noticia de que George ha muerto, Woolf escribe en su diario:

Cómo se marcha la infancia con él; el críquet, las risas, las golosinas, los regalos, los viajes en autobús para ver iglesias famosas, los convites de té en posadas de la ciudad.

Ahora que ha muerto, su indignación y desagrado pueden entreverarse sin riesgo con el afecto por el bondadoso hermano mayor de sus primeros años.

En otro pasaje lo califica de «Dios, fauno y cerdo».

La razón detrás de todas las razones para no destruir a la Madre Woolf: nuestro común estremecimiento de vergüenza.

«Sé que habrías acusado recibo del paquete sin demora, de modo que no debe de haber llegado todavía. He pasado por la oficina de correos en mi hora del almuerzo para preguntar y el señor de la ventanilla me ha dicho que no tenía noticia de huelgas o retrasos ni aquí ni en Melbourne. Me da miedo que se haya extraviado o lo hayan robado. Debería haberlo mandado certificado, pero en el momento no lo pensé. En cuanto vi ese tono de rosa supe que te favorecería. La lana es la Totem de ocho cabos de Patons, que es una marca buena y nada barata. El jersey tiene manga raglán y me costó mucho esfuerzo tejerlo. Es una calamidad pensar que se haya podido perder».

Marqué el número de Olivia.

—¿Ho-la?

Parecía Mops. Colgué.

Le hablé a Anti de la descripción que hacía Woolf de E. W. Perera. Dije que, por más que me hubiese fascinado *Hijos de la medianoche,* no quería escribir sobre Rushdie ni sobre nadie más.

—Ningún otro escritor ni escritora ha significado tanto para mí como Woolf. Leo sus libros y reflexiono sobre ellos desde que estaba en el colegio.

Anti caviló unos instantes. Y luego:

—Mira, ¿sabes qué? Acuérdate de lo que dijo Rushdie acerca de que el imperio contraescribe. A lo mejor te sirve de inspiración.

Estaba pensando en la categorización aristotélica de las actividades humanas, dijo.

—Aristóteles distingue entre *teoría,* que incrementa el conocimiento, y *praxis,* que es acción en sí misma. Entre un concepto y otro se sitúa la *poiesis,* que es la acción de crear. La *poiesis* es creativa. Rodar una película, pintar, escribir un poema. Contraescribir a Woolf.

Paula y Myron estaban parados delante de la librería del campus. Ella lo miraba, se reía y asentía mientras él hablaba por los codos. Yo iba a almorzar a un pub con una medievalista llamada Elise. Era la organizadora de los seminarios de posgrado, estaba escribiendo una tesis sobre *Pedro el labriego* y resultó ser una fuente extraordinaria de chismes del departamento. Mientras comíamos un camembert frito con salsa de arándanos, descubrí que la Teoría había llegado al departamento con el nombramiento de Myron como catedrático. Los leavistas que cortaban el bacalao en aquel entonces se equivocaron al considerar a Myron un inofensivo estudioso de Milton salido de Cornell con unas credenciales impresionantes. Myron había hecho un juramento de sangre con la Teoría y en lo sucesivo se aseguró de que todos y cada uno de los fichajes posteriores hicieran lo propio. Unos cuantos leavistas humillados siguieron ocupando los despachos más modestos y deslucidos, pero solo de un modo nostálgico, del tipo «¿Todavía se sirve jerez con el té?».

Elise me contó también que a final de curso iba a salir un puesto de titular permanente en Inglesa.

—Hay tres titulares contratados y los tres van a por todas. El departamento debería nombrar a Paula, que publica a espuertas, pero Myron quiere a Guy. ¿Has coincidido ya con Guy? Es marxista althusseriano.

—¿Un marxista que estrangula a sus enemigos de clase?

—Según mi muestra de un solo caso, un marxista con un Jaguar E-Type.

Le conté que acababa de ver a Paula con Myron, y Elise dijo que la risa hipócrita con académicos de rango superior era una competencia laboral fundamental que todas deberíamos incluir en nuestros currículos. Me contó también que Paula había publicado una vez una crítica devastadora de una ópera prima escrita por una mujer. La novela era no feminista, según Paula, y la novelista había traicionado a las mujeres al dar vida a una protagonista que no hacía más que lloriquear debido al fin de una historia de amor.

—El tema es que todo el mundo sabe que a Paula la dejó su novio por esa escritora poco antes de que el libro saliera. Esto pasó hace cinco o seis años, y la autora no ha publicado nada más desde entonces.

Elise se reclinó en su silla enarcando sus cejas circunflejas y esbozando una ancha sonrisa. Me animó a asistir a los seminarios quincenales de investigación del profesorado.

—Son la leche. La última vez había una señora adorable y cordial que estaba de visitante, venía de Hull o de algún sitio por el estilo. Llevaba pantalones académicos, habló de un modo realmente esclarecedor sobre su investigación de toda una vida sobre Keats, sin mencionar a De Man ni a Bloom ni nada de Teoría ni una sola vez. Al final de su intervención se hizo un silencio de espanto durante un momento, hasta que Guy se quitó las gafas de sol y formuló una de esas preguntas que significan: «¿Se da usted cuenta de que todo lo que acaba de decir está mal?». Yo a los seminarios del profesorado los llamo «leones y cristianos». Tendrías que venir, te lo digo en serio. El departamento saca vino y queso en un tenderete después, es un horror todo, pero por lo menos te vas comida.

El viernes por la noche fuimos unos cuantos al Prince of Wales para escuchar a Says Ann. En el intermedio Lenny me habló de una mujer que había llamado a la línea de apoyo.

—Su marido regenta una ferretería en South Gippsland. Se está muriendo. Se lo ha contado todo; ella sabe que él ha estado acostándose con hombres durante años. Y dice que le da igual. Lo quiere y desea cuidarlo. Nadie en el pueblo se les acerca siquiera, así que llama a la línea solo para hablar con alguien. Le he dicho que es la persona más valiente y buena que conozco.

Más tarde Benedict y Lenny se prepararon para marcharse cargando con sendas mochilas y folletos. Hacían ronda por las discotecas repartiendo información sobre pruebas de sida y sexo seguro. Un tío cuyo nombre he olvidado les preguntó si también bailaban o si solamente se dedicaban a dar folletos en las colas. Benedict soltó un enérgico suspiro.

—Colega. ¿No ves que somos sarasas? —Adoptó la pose disco de John Travolta—. Siempre sacamos tiempo para bailar.

Cuando llegué a casa, la Madre Woolf se había desprendido de la pared y la pisoteé a oscuras. Iba cocida lo justo para llamar a Kit. Lo cogió al séptimo timbrazo. Mi intención era colgar, pero dije:

—¿Te apetece estudiar? —Porque, ay, a mí me apetecía muchísimo.

Me colgó. Como si todos los muros que se alzaban entre nosotros se hubiesen vuelto de cristal, lo vi alejarse del teléfono. «Se han equivocado», le decía a Olivia, aunque ella no le había preguntado. Orinaba ruidosamente en el baño bohemio que ella había limpiado esa misma tarde y volvía a la cama.

Kit se quedaba dormido con facilidad. Me recreé en la idea de una Olivia desvelada, pulcra como un cadáver, tratando de identificar el nombre que Kit mascullaba a la vez que se peleaba con la ropa de cama, llevándose de vez en cuando una mano al corazón dorado.

En mi escritorio, con la lámpara encendida y mi calefactor devoradólares achicharrándome los tobillos, levanté una fortificación de fichas llenas de anotaciones. Quité la tapa de mi máquina de escribir, inserté un folio en el carro e invoqué a Paula.

Céntrate en la ficción.

Descarta.

Escribe.

Cada diez mil palabras que Woolf produjo formaban un colchón. No de esos finitos japoneses, sino colchones rellenos de pluma de rollizos gansos ingleses.

Me tumbé sobre la imponente pila de colchones, culebreando para encontrar la postura.

Contextualizado en la historia, dejado a un lado bajo la torre de colchones: un pobre desgraciado color caoba del tamaño de un guisante.

Culebreo.

Culebreo.

Culebreo.

Me bajé de los colchones y me metí en mi cama.

Lenny mencionó que había quedado con Maeve en el Galleon el fin de semana y que al entrar había visto a Kit y Olivia almorzando. El sábado siguiente no le quité ojo a la puerta esperando que aparecieran los dos. Se incorporarían a nuestra mesa y Olivia se quitaría el jersey y se sentaría al lado de Kit con su camisa roja, su pelo entretejido tan reluciente como su corazón. Me percaté de que no podría soportar verla sentada a la vera de Kit con la camisa roja, su pelo entretejido y su corazón. Solté una excusa y me largué sin haber pedido la comida.

Amabel estaba saliendo de la universidad. Iba sin abrigo a pesar de que el viento soplaba con saña. La seguí todo el camino hasta Fitzroy, balanceando los brazos igual que ella, reivindicando espacio. Finalmente torció en una calle estrecha. Doblé la esquina justo a tiempo para verla entrar en una casa con una puerta roja en una hilera de adosados de dos plantas de arenisca azulada.

Salí de nuevo a Brunswick Street y fui hasta una parada de tranvía deteniéndome a escrutar ventanas. Estaba echando un vistazo a los maniquíes de un local de ropa *vintage* cuando una voz exclamó:

—¡Ho-la!

Mops me preguntó si había estado en casa de Bel y Liv. Me las arreglé para manifestar desconcierto y me explicó que vivían a la vuelta de la esquina.

—Nos compramos un *pied à terre* en la ciudad para esas noches en las que salimos tarde de trabajar, y ahora lo usan las chicas. Perfecto, vamos.

Me lloraban los ojos por culpa del viento, pero Mops todavía no había terminado. Me preguntó desde cuándo vivía en Australia.

—Nosotros también somos inmigrantes —dijo—. Salimos en el sesenta y cuatro. Y la familia de mi marido había llegado a Inglaterra desde Barcelona cuando él era un bebé, de modo que es inmigrante por partida doble. Bel nació aquí; es australiana de pura cepa.

Me contó que su galería quedaba a unas pocas manzanas y me invitó a pasarme un día de esos. Acepté la tarjeta de visita que sacó de una prenda de vestir tan cenicienta y arquitectónica como su pelo.

Reanudé las lecturas secundarias con vistas a mi ponencia para el seminario, que versaría sobre el superventas tardío de Woolf *Los años.* Tras sus experimentos revolucionarios en el ámbito del modernismo, Woolf se proponía escribir un tipo de novela diferente en la que alternaría entre el ensayo y la ficción: entre «hecho y visión», por emplear sus propias palabras, entre el «granito» de la verdad y el «arcoíris» de una personalidad. La combinación de hecho y ficción pretendía encarnar «una forma nueva». La ficción seguiría la evolución de la social británica mostrando las vidas cambiantes de los personajes de Woolf, y la parte de ensayo abordaría las dificultades con las que se encontraba una mujer para escribir un tipo nuevo de novela. Sin embargo, a medida que Woolf iba debatiéndose con las exigencias de la escritura, acabó abandonando la idea de entrelazar ficción y polémica y rescribió como mera ficción la «novela-ensayo» que había comenzado. Cuando *Los años* estuvo terminada, el único vestigio del plan original de Woolf era su marcado interés por la vida pública.

La novela arranca en la época victoriana y relata la suerte de los Pargiter, familia inglesa de clase media alta, a lo largo de más de medio siglo. Las hijas de los Pargiter se llaman Eleanor, Delia, Milly y Rose. Me pregunté —y no era la primera vez— por qué mis padres, Leslie y Jean, me habían puesto un nombre que proclamaba Plebeya y Tonta. Le dirigí la pregunta a mi madre. Llena de indignación dijo:

—¡Es un nombre precioso!

Era un nombre moderno y exento de asociaciones familiares, de modo que tal vez por eso mi padre y mi madre, tocayos de su padre y de su madre, lo escogieron para mí.

Éramos de un país donde los nombres servían principalmente para identificar orígenes étnicos. Mi madre no entendía que en Australia funcionaban como indicadores de clase. Australia estaba entregada a negar la existencia de clases sociales, así que yo tampoco lo había entendido hasta que empecé a hacer estudios de mercado. Uno de los directores leía el *Times* de Londres a diario. Cuando yo entraba en el turno de tarde, rescataba el periódico de su papelera y me aplicaba en hacer el críptico crucigrama en ratos de poco movimiento, por lo general al inicio del turno, cuando cumplimentábamos los cupos demográficos sin dificultad. Más tarde nos encorvábamos sobre los teléfonos y marcábamos frenéticamente números generados al azar y listados en una hoja de cálculo. Los varones de más de cincuenta y cinco años, raras veces dispuestos a conversar con desconocidos, eran siempre la categoría más complicada de rellenar. En la última media hora del turno me inventaba respuestas e introducía números de teléfono ficticios en sus hojas de respuesta; todos los empleados hacían lo mismo y nadie lo comprobaba.

Hojeando el *Times,* una tarde me topé con la sección de sociedad. Los británicos no se avergonzaban de la existencia de clases sociales y, después de estudiar aquellas páginas, comprendí por qué en la universidad no había conocido a nadie que se llamara como yo. Comprendí por qué nunca había leído una novela escrita por una mujer que se llamara como yo. Y comprendí por qué nunca me había encontrado con un personaje de novela que se llamara como yo: por ser Plebeya y Tonta, una mujer con mi nombre de ninguna manera podía tener una vida interior.

En el desglose por capítulos de la tesina que había confeccionado para Paula, mi análisis de *Los años* se centraba en el progreso del feminismo tal como se representaba en la trayectoria emancipadora de las Pargiter en el transcurso de sus vidas. Pero eso fue antes de tener que vérmelas con un pobre desgraciado color caoba que de un tiempo a esta parte se había vuelto más grande y atrevido y había okupado una esquina de mi escritorio. Empecé a vislumbrar el nuevo rumbo que tomaría mi ponencia.

Aquella noche llovía en la calle de Kit. La lluvia invernal de Melbourne, fina y malintencionada. Decidí ir caminando a buen paso hasta Brighton Road y volver por la otra acera hacia mi casa. Cerca de la intersección, enfrascada en la esperanza de avistar a Olivia camino de la casa de Kit, casi me choco frontalmente con él. Me quedé mirándolo, demasiado sorprendida para decir nada. Debió de pensar que no lo había reconocido porque se quitó la capucha del chubasquero diciendo:

—Soy yo.

Su pelo había sufrido un corte radical. Dije con osadía que esperaba encontrarme con él tarde o temprano.

—Me dijiste que me enseñarías a montar en bici. Sigo queriendo aprender.

Quedamos en vernos en el parque en Fitzroy Street el domingo por la tarde. El sábado por la noche acudí a la fiesta de cumpleaños de Elise, en Collingwood. Estuvimos bailando en su salón, compartiendo un porro. Cuando sonó *Tainted Love,* la cantamos a pleno pulmón. La canción terminó y Elise dijo:

—Esa canción siempre va de alguien.

En la fiesta conocí a Reza, de La Haya, que estaba de visita en Australia por trabajo. Me contó que el farsi era una lengua deplorablemente deficiente en cuanto a obscenidades y que el peor insulto que se le podía dedicar a un hablante de ese idioma era tacharlo de oveja. Me fui con él. Al día siguiente me llevó en coche a St Kilda y almorzamos en el Galleon. No coincidimos con nadie que yo conociera. Intercambiamos los números de teléfono pero rehusé su propuesta de dejarme en mi piso.

Todo el mundo sabe que existen dos clases de espejo: los despiadados y los amables. El que había encima de mi lavabo era despiadado y procuraba no mirarme nunca en él. El vetusto ropero que el anterior inquilino había dejado en el dormitorio tenía una pata calzada con un libro, pero su largo espejo ovalado era indulgente. Me planté frente a su luz amortiguada aquella tarde, regodeándome en el poder de mi cuerpo desnudo color caoba, con el que podía hacer lo que me diera la gana.

Kit llegó al parque montado en una bici de mujer. Era de una vecina, me dijo.

—La tiene muerta de risa en el garaje, así que le he pedido que me la prestara.

Me explicó cómo funcionaban los frenos mientras el viento separaba las nubes y azuleaba el cielo. Un espacio se abrió en mi pecho a modo de respuesta. Qué inmensidad la del mundo, ¡tan azul y tan abovedado! Me embargó un júbilo abrumador. Practiqué sentada a horcajadas en la bicicleta, con los dedos de los pies tocando tierra firme y estrujando los frenos. Al cabo de un rato me atreví con un pedaleo lento por el sendero, con Kit sosteniéndome por el asiento para dar estabilidad al viejo y pesado cuadro. Me recordó que mirase al frente y entonces me soltó. Me caí. Caí de lado sobre la hierba, y la bicicleta se me cayó encima dándome un golpetazo en la rodilla.

Al final fui capaz de recorrer unos pocos metros bamboleándome antes de accionar los frenos precipitadamente. Era una cuestión de equilibrio. Kit me dijo que lo estaba haciendo muy bien y que solo necesitaba practicar. Las nubes estaban volviendo, llegaban desde la bahía como tiburones, y decidimos dar por concluida la clase. La vecina le había dicho a Kit que me podía quedar con la bici de momento y él me animó a aceptar la oferta.

—De hecho, estoy seguro de que te la vendería por poco dinero si se la quisieras comprar.

El problema, señalé, era que en mi edificio no había un espacio previsto para guardar una bicicleta.

—Tendré que meterla en el piso —concluí con escaso convencimiento.

Kit se ofreció a echarme una mano para subirla.

En cuanto dejamos atrás la estación de St Kilda, nos azotó el viento con toda su potencia. Kit se había atado el jersey a la cintura, y la camisa de cuadros se le infló por la espalda y se le pegó al pecho. En dirección contraria se acercaba una mujer empujando un cochecito con un bebé cuyas mangas de punto terminaban en estrellas rosas. Nos hicimos a un lado y la mujer nos dio las gracias con una sonrisa pasando de mi cara a la de Kit. Era evidente que nos tomaba por una pareja. Durante un segundo espeluznante visualicé lo opacas que son las vidas ajenas, pero seguí creyendo que podía sondearlas de todas maneras.

La bicicleta, apoyada contra una pared, parecía ocupar la totalidad del pasillo de mi casa. Kit se quedó, por supuesto. Debajo de la camisa llevaba una camiseta, por primera vez lo veía usar una capa extra para combatir el frío. Mientras estaba dentro de mí, me dije que seguramente había estado con Olivia esa misma mañana, igual que Reza había estado conmigo. De nuevo me embargó un júbilo feroz.

Dormí mal y desperté con la rodilla dolorida, pero también con la sorpresa y la dicha de abrir los ojos junto a Kit. «El triunfo de la vida», repetí en silencio, pegada a su cuerpo en la calidez de mi cama.

Cuando volví de la cocina con café, Kit ya se estaba vistiendo. La camiseta era granate y el cuello formaba una almena desaliñada. Sin mirarme dijo:

—¿Te estás follando a alguien más?

Era la primera vez que no empleaba el verbo «estudiar». Estuve a punto de decirle que sí, que no iba a quedarme esperándolo a él, pero opté por soltar su taza y decir:

—¿Acaso tú no? —en un tono igual de beligerante.

—¿Te has hecho la prueba del sida? —Se rascó el puente de la nariz con el dorso del pulgar y se concentró en un calcetín vuelto del revés.

—¿Por qué no usas tú condones?

Entonces levantó la vista y su cara bulló de pura rabia. Entre sorbos de café anunció que se tenía que ir, que tenía una tutoría temprano. Sin embargo, cuando se iba nos besamos con más ternura que nunca y su mano se abrió paso entre mis piernas para dedicarme una caricia de despedida. Le gustaba dejarme así, cachonda, e irse con mi olor en los dedos.

—¿Nos vemos pronto?

Lo formuló como una pregunta, otra novedad.

Pasé unas cuantas noches más en casa de Reza y tenía la esperanza de que Kit se pasara por la mía o llamase en mi ausencia.

Si lo hizo, no me lo dijo. Ahora se dejaba caer cualquier noche de la semana, y no tan a menudo ni tanto rato como antes. Llegaba tarde, sobre las nueve, y se iba temprano al día siguiente sin darse una ducha.

Reza volvió a Holanda y eché de menos quedarme dormida escuchando jazz suave, y el café denso y fuerte que preparaba en el fogón. Pero era una nostalgia moderada, casi agradable, más que melancolía.

A Lenny le gustaba despotricar contra el tiempo Ya, el Ya-Ya-Ya que propiciaba el consumismo y que latía bajo el tardocapitalismo como un pulso mecánico. El sexo era un tiempo Ya distinto, un tiempo arquetípico, el tiempo como sensación atemporal. Al hacer picadillo a Lawrence, Paula había dejado caer un trozo crudo y jugoso de uno de los ensayos críticos publicados tras su muerte: «El magnífico aquí y ahora de la vida en la carne es nuestro, y solo nuestro, y solo nuestro por un tiempo». Me volví voraz en mi búsqueda de la vida en la carne con Kit. El motor de mi frenesí era el deseo de eliminar a Olivia, de borrarla de su mente. En cuanto llamaba al interfono, abría la puerta de la calle, me desnudaba y lo esperaba en la cama. Me habría abalanzado sobre él en cuanto entraba, pero la bici era un estorbo y además hacía demasiado frío para desnudarse en el pasillo.

Ya no me importaba dejarle marcas. ¡Que lo viera Olivia! ¡Que leyera la deconstrucción de la relación en su carne! Le hacía chupetones, le hincaba las uñas en la piel. Cuando salía de la habitación, me gustaba limpiarme con su ropa. ¡Que me oliera! ¡Que oliera cómo deconstruíamos su amor!

Cuando se desvestía, Kit se inclinaba hacia delante, agarraba el cortavientos o la camiseta por la parte de atrás del cuello y se la sacaba por encima de la cabeza. Un día, mientras ejecutaba esta maniobra, vi un pelo oscuro y serpenteante en su jersey gris. Me emocioné hasta la médula.

Se fue de mi casa con un moratón incipiente en un brazo. La siguiente vez que lo vi tenía un moratón en el cuello. Olivia y yo estábamos intercambiando mensajes sobre posesión y poder. Kit no era más que el papel sobre el que nos escribíamos.

Llamé a Elise para preguntarle si los profesores acudían a los seminarios de posgrado. No me sacaba de la cabeza el «todo lo que acaba de decir está mal». Elise me dijo que normalmente los estudiantes invitaban a su director o directora, pero que aparte de eso solo se presentaba alumnado de posgrado y todo el mundo era magnánimo.

—A propósito, te perdiste un extraordinario «leones y cristianos» la semana pasada. Guy estaba leyendo su ponencia y al cabo de un rato se interrumpió y pidió disculpas porque lo que venía a continuación era de veras complejo y no esperaba que nadie siguiera el hilo. ¡Tendrías que haber visto la cara que puso Myron! Y no pudo ir a por él en el turno de preguntas porque Guy es su gran apuesta. Yo estaba al fondo prácticamente meándome encima de tanto aguantarme la risa.

—¿De qué iba la ponencia?

—De lo encantado de haberse conocido que está Guy, creo.

Estaba desarrollando la potente fantasía de colarme una noche en el *pied à terre* de Fitzroy. Tenía que haber un callejón detrás de la hilera de adosados, seguro. Esperaría a que Amabel y Olivia hubiesen salido y saltaría la cerca trasera. La hoja inferior de la ventana de la cocina estaría abierta, o habría una llave debajo de un tiesto, algo por el estilo; en cualquier caso, encontraría la manera de entrar en la casa. Una vez dentro, le metería la tijera a la ropa de Olivia. Guardaría en una bolsa un zapato de cada par y los iría tirando por los contenedores de la calle de camino a casa.

Más adelante reconsideré mi plan. Sería más aterrador emular al fantasma de las joyas. Robaría el cinturón de un abrigo, arrancaría un botón o dos de cada camisa, desharía costuras. Aparecerían misteriosos puntos saltados en varios jerséis de Olivia. Encontraría el cajón o la cómoda donde guardase la ropa de verano, introduciría una variedad de inexplicables cortes y manchas y lo volvería a colocar todo en su sitio, exactamente como Olivia lo tenía ordenado. Luego me tumbaría en su cama dejando una abolladura con forma de cabeza en su almohada. Urdí docenas de misterios ínfimos y perturbadores. Folios de apuntes desaparecidos de sus carpetas. Un calcetín faltante de cada par.

La bici se quedó en mi pasillo, donde no paraba de darme golpes en la espinilla con uno de los pedales. Había progresado lo suficiente para circular con cautela por el parque. Le conté a mi madre que había aprendido a montar en bicicleta, consciente de que se asustaría, y dijo que si me caía me partiría todos los dientes.

Cada vez que intentaba imaginarme presentándole a mi madre a Mops, a Amabel, a Olivia o a las herederas del semen de caballo, me daban escalofríos. A los hombres les encandilaba mi madre, tan guapa y rolliza. Educada para adularlos y someterse a sus opiniones, se metía de lleno en su papel. Había dejado el colegio con quince años, que era toda la educación que su familia podía permitirse. Todas mis hipótesis catastróficas sobre ella estaban protagonizadas por mujeres, de quienes temía su inteligencia y su chispeante conversación de mesa de té y las entradas de sus diarios donde la describirían como plebeya. Era mi deber protegerla de ellas. Nadie más estaba autorizada a castigarla; ella era mía y solo mía.

Kit había empezado a mentar a Olivia de tarde en tarde. No terminaba de decidirse a decir su nombre, pero de pronto se desmarcaba con un comentario del tipo: «El sábado *fuimos* en bici a Dights Falls y a la vuelta nos *calamos* hasta los huesos con el chaparrón que cayó». Prefería formular estas frases cuando aún tenía la cabeza enterrada en la prenda que se estuviera quitando en ese momento. Procuraba mantener la verdad a la vista pero era incapaz de mostrarse al mismo tiempo. Cada vez que esto ocurría, yo imponía mi venganza afanándole calderilla de la cartera o un billete de poco valor, nada que pudiera tener la certeza de no haber gastado.

Kit recorría mi cuerpo con sus manos afirmando que no tenía ni idea de que una piel pudiera ser tan satinada y suave. Este despliegue de cumplidos también era una novedad. Decía que me movía «con la gracilidad de una bailarina». En otra ocasión comentó que le gustaría fotografiarme con la camisa que acababa de ponerme. Me sentí eufórica. Había gastado en aquella camisa el equivalente al alquiler de una semana; era azul petunia y tenía el cuello liso y abierto y botones de nácar de un delicado color horizonte al alba, entre ópalo y perla.

A veces pensaba en Reza. Tenía opiniones muy rotundas acerca de la pizza y las nubes. Me envió una postal en la que decía que nunca olvidaría mi manera de estornudar. ¿Recordaría Kit algo de mí? Reza era un hombre amable y con sentido del humor, sabía escuchar, volcaba todo su interés en la persona que estuviera hablando en cada momento y en lo que estuviera diciendo. Ninguna de las virtudes que me agradaban de él podían aplicarse a Kit. No tenía ninguna importancia. ¿Por qué?

Íbamos a llevar a Amabel a ver *Una habitación con vistas* porque era su cumpleaños. Esa tarde cogí el tranvía hasta Fitzroy, armada con una bolsa de tela, unos guantes desechables, tijeras, un paquete de cuchillas de afeitar y lo necesario para manchar prendas. La calle de Olivia no era larga, y cuando llegué comprobé que la única farola no quedaba cerca del *pied à terre*. Sin embargo, dentro de la casa, en el piso de abajo, había luz.

Di la vuelta a la manzana enfrascada en mis cavilaciones. ¿Por qué había dado por hecho que *íbamos* a llevar a Amabel a una sesión de tarde de la película y luego a cenar? Era igual de probable que ese plural hubiese decidido cenar en casa primero. Las temperaturas estaban bajando y la única persona que se prodigaba por los callejones aparte de mí era un hombre que paseaba a su perro con un semblante blanco hospital y un gorrito de lana de un equipo de fútbol. Ojalá yo hubiese tenido un gorro. No podía seguir dando vueltas con semejante frío, pero no quería gastar dinero en un pub. Al salir de nuevo a Brunswick Street vi que se acercaba un tranvía en dirección norte, hacia Preston. Desde la parada le hice una seña para que se detuviera.

Mis padres nunca asistieron a las reuniones con profesores, pero en una ocasión mi madre y yo nos encontramos con mi profesora de Matemáticas en un centro comercial. Iba con prisa, nos contó, porque iba a visitar a su hermana y tenía que cruzar toda la ciudad, hasta Rose Bay. La respuesta de mi madre:

«Allí es donde viven los ricos».

La profesora desestimó el comentario con una carcajada y diciendo que allí vivía gente de todo tipo, que se sorprendería. Me pasé el resto del día abroncando a mi madre, repitiendo con una furia glacial que había quedado como una persona vulgar —¡vulgar!—, maleducada e ignorante, ¿acaso no sabía que era inaceptable hablar del poder adquisitivo de la gente?

En el tranvía no fui capaz de pensar en nada que no fuera el estatus de la gente. Mi familia había vendido todas sus posesiones para costear los pasajes de avión a Australia. La tasa de cambio se fundió los pocos ahorros que quedaban. Llegamos a Sídney con las maletas y unos pocos cientos de dólares, agradecidos de estar allí. Jamás habíamos oído hablar del Programa de Migración Asistida, al que se acogían los inmigrantes blancos que iban a Australia, la mayoría de ellos británicos, y gracias al cual pagaban precios de ganga. En 1964 dicho programa, elemento clave de la Política de la Australia Blanca, seguía intacto. Ese era el panorama imperante detrás del jovial «Nosotros también somos inmigrantes» de Mops. Contemplando mi reflejo en la ventanilla del tranvía, la imaginé recorriendo una pasarela con andares alegres, los bolsillos a rebosar de libras esterlinas, y a un Pobby sin rostro, ese «inmigrante por partida doble», siguiéndola a escasos pasos. Aunque la Política de la Australia Blanca se había desmantelado para entonces, su legado racista pujaba fuerte. Iba de la mano del compromiso del tardocapitalismo con la desigualdad de riquezas. Sin duda, el *pied à terre* estaría abarrotado de obras de arte y alfombras e instrumentos musicales y mobiliario exquisito y libros. Resolví que, una vez dentro, estrellaría contra el suelo unos cuantos objetos espléndidos. Dejaría en un espejo una pintada sangrienta hecha con barra de labios: «¡Tú no eres como yo!».

El tranvía llegó a la última parada pero no me moví de mi asiento. El conductor guiñó un ojo cuando me picó la tarjeta de transporte para el trayecto de vuelta.

—Una manera muy inteligente de entrar en calor, tesoro.

Mucho antes de que hubiéramos regresado a Fitzroy, comprendí que jamás allanaría el domicilio de nadie. Mi intención fue seguir en el tranvía hasta St Kilda y volver a mi casa, y no sabría explicar por qué me levanté de buenas a primeras y tiré del cordón de la campanilla en la parada del *pied à terre*. Cuando me disponía a apearme, el conductor exclamó «¡Buenas noches!» y yo respondí agitando la mano con alegría.

La fachada de la casa de Olivia estaba ahora sumida en la oscuridad, de modo que di la vuelta y enfilé el callejón. Había luz en las estancias traseras de varias viviendas. Me detuve delante de la cerca de Olivia y escudriñé las cristaleras con sus cortinas de contornos iluminados que daban a un pequeño balcón. Flotaba un olor a leña y a contenedor de basura. En algún lugar muy cercano ladró un perro y luego ladró otra vez. Regresé a la calle principal.

Una sombra se recortaba en un porche sin iluminar unas cuantas puertas más allá del *pied à terre.*

—¿Puedo ayudarla? —preguntó el hombre sin apartar la vista de mi bolsa de tela y mi cara.

El gorrito me resultó familiar: era el paseador de perro. Musité que solo estaba dando un paseo y él respondió que recientemente habían entrado a robar en varias casas de la zona y que mejor me planteara pasear en otra parte.

—Por su seguridad.

El horario de la parada me informó de que tenía veintitrés minutos de espera por delante, de modo que emprendí a pie el camino hacia el centro con la esperanza de coger otra línea de tranvía. En el hotel Rob Roy doblé la esquina y vi a Don Gorrito plantado en la entrada de su calle, vigilando hasta que se aseguró de que me había ido.

«El jersey te queda muy bien, pero ¿por qué has ladeado la cabeza para la foto? Habrá a quien le parezca que has adoptado una bonita pose, pero recuerdo perfectamente que me contaste que el osteópata te recomendó que siempre mantuvieras la cabeza derecha».

Le pregunté a Kit qué le había parecido *Una habitación con vistas.* Dijo que Amabel había amanecido resfriada, así que le *hicimos* una tarta y *celebramos* el cumpleaños en casa.

Shaz entró en el Galleon con paso marcial y ataviada con un espectacular vestido de poliéster rosa palo y una cazadora tipo bómber de satén rojo. La coleta había desaparecido y dejado el cráneo recubierto de mechones plateados desiguales. La camarera danesa la vio y exclamó:

—¡Tu pelo es total!

Shaz nunca retiraba una silla arrastrándola y raspando el suelo, sino que la apartaba de la mesa levantándola en el aire. Ese día su cara tenía la expresión introvertida y ensimismada que mostraba en el escenario, solo que sin una pizca de alegría. Se encendió un pitillo con el mechero Bic que guardaba dentro del paquete y nos contó que dos días antes iba andando a casa desde el piso de una amiga, de noche, cuando un tío la agarró por el pelo y la arrastró hasta un callejón. Sus gritos atrajeron a un transeúnte y el agresor salió por pies.

—Lo primero que hice al llegar a casa fue cortarme la coleta. Al resto le pasé la navaja.

La cara colorada de Lenny se había puesto blanca y poco a poco iba recuperando el tono rojo. Preguntó si había ido a la Policía.

—Ayer. En el momento no quise. El fulano que me ayudó no quería ni oír hablar de la poli. Es un yonqui. Y de todos modos ni él ni yo vimos bien al capullo que pretendía violarme. No me hago ilusiones de que lo identifiquen. —Sacudió la ceniza de la punta del cigarrillo y nos fulminó con la mirada—. ¿Sabéis lo mejor? Que uno de los policías era una mujer. Al final de la declaración me soltó: «¿Y qué esperabas, con esa pinta de prostituta?».

—Espero que la denunciaras —dijo Lenny de inmediato.

—¿Estás de coña? ¡Es la puta Policía de St Kilda! ¿Cuánto crees que tardarían en pararme por la calle y *encontrarme* caballo suficiente para acusarme de ser traficante?

Kit había entregado un trabajo con el que estaba convencido de que sacaría una buena nota. Aquella noche el viento hacía de las suyas, pero el clima entre nosotros se suavizó. Comimos sándwiches de queso sentados en la cama como buenos amigos. Le hablé de París, ciudad que había visitado por primera vez el año anterior. No le dije que allí me sentí más sola de lo que hubiese creído posible. El cielo del mes de enero era color estaño. «El crudo invierno», una expresión que yo había empleado a la ligera, reveló todo su rencoroso sentido: la cruda oscuridad, el crudo frío. En lugar de eso, le hablé de cosas que con el tiempo y la distancia habían adquirido una pátina bohemia: las barras de zinc de los cafés, los puestos de libros junto al río, mi habitación de hotel sin estrella con su tiesa toalla cuadrada y sus sábanas de nailon amarillentas.

París parecía tan vieja como la nieve. Cayó una breve nevada mi primer día y luego ya no más. Decidida a no claudicar ante el *jet lag,* había salido a pasear. Estaba en el bulevar Arago, en el tramo largo y vacío que corre paralelo a la prisión de La Santé, cuando empezó a nevar. Levanté los ojos hacia el cielo y vi un pie descalzo arriba, en el aire, al otro lado de la tapia. Un prisionero de la última planta había asomado un pie a través de los barrotes de su celda y lo agitaba entre los copos de nieve.

Le conté a Kit que me había propuesto conseguir un par de esos cuencos de cerámica que los franceses usan para el café con leche pero que al final no había llegado a comprarlos. Dijo que era una lástima. Me di cuenta de que estaba imaginando los cuencos y los encontraba «bohemios». Yo sabía que estaba planeando ir a ver a su hermana Meg a Londres a finales de año, y entonces me dijo que también le gustaría ver París. Traté de disuadirlo de inmediato diciendo que los franceses eran despiadados con los extranjeros que no hablaban francés. Además, era una ciudad tan cara que daba miedo. Por qué no mejor a Italia, sugerí acariciándole el brazo. Sería más cálido, en todos los sentidos.

Daba por hecho, naturalmente, que viajaría con Olivia. París era mi ciudad, y la idea de que Kit la descubriera con ella me generaba un nudo en el pecho. Una tarde cogerían el ascensor para subir a lo alto de la torre Eiffel. Era como si los viera: allí parados, dos figurillas de pastel de boda agarradas de la mano, la luz declinante, cúmulos e hileras de farolas encendiéndose bajo sus pies. El aire olería a petróleo, y la ciudad ardua y desolada se desvanecería en una lontananza azul marino. ¿Por qué no ir a Italia, balbuceé, a la suntuosa y alimonada Italia, con sus pinturas y sus lagos? Yo estaba deseando conocerla, insistí, y seguro que él también. Kit había perdido el interés en la conversación. Me preguntó si podía comerse los bordes de mi sándwich, con uno de ellos ya a medio camino de su boca.

Era domingo por la tarde y estábamos en casa de Lenny. Shaz, Maeve y yo, y también Jo, la hermana de Lenny, que había venido de visita desde el campo con su niño de cinco años, Finn. Jo sacó una tarta de manzana que había hecho y tomó nota de las bebidas calientes que nos apetecían. Fui a echarle una mano a la cocina y dispuse la leche y el azúcar en una bandeja.

—Aquí está Finn —dije risueña al ver que venía detrás de nosotras.

—Aquí estoy yo —convino Finn a la vez que se encaramaba a una silla y cogía el cuchillo que su madre había utilizado para cortar la tarta en porciones.

—No juegues con el cuchillo, Finn —dijo Jo encendiendo el gas debajo del hervidor mientras yo abría una alacena y hacía una selección a partir de la amplia colección de tazas desparejadas de Lenny.

—Ten cuidado con ese cuchillo, Finn —insistió Jo cuando distribuíamos las bolsitas de té y el café instantáneo Maxwell House—. Suéltalo, por favor.

El agua rompió a hervir, llené las tazas y, en el momento en que Jo levantó la bandeja, Finn se hizo un corte en el pulgar. Se le arrugó el semblante y bramó:

—¡Mamá! ¡No me estás haciendo caso! ¡Mamá!

Había transcurrido una semana y Kit no había llamado ni se había pasado por mi casa.

Lo llamé. Nadie contestó.

No paraba de repasar la última vez que nos habíamos visto. Había estado más tierno de lo habitual. En retrospectiva me parecía una señal ominosa, la ternura que precede a las despedidas.

Llamé a horas distintas, incluso bien entrada la noche.

Pasaron dos días más.

«Déjalo tú. Tienes que cortar tú. Ser la guay».

«¿Quién escribirá la historia de las lágrimas?».

Tumbada en la cama, regresé a un parque junto al puerto en el que veía sobre mi cabeza un árbol verde ahumado. «Recuerda esto, aprende de esto». Pero ni había recordado ni había aprendido.

Era mi cumpleaños. Cumplía veinticinco. Recibí felicitaciones de las amistades de Sídney. Mi madre me envió veinte dólares dentro de una tarjeta con un «Para una hija especial» impreso en el frontal. Dentro escribió: «Que el pájaro azul de la felicidad vuele a tu encuentro».

Fui a casa de Anti a beber ginebra. Ella no sabía que era mi cumpleaños y sin embargo tenía un regalo para mí, una falda de tubo verde botella. Había comprado la tela en Victoria Market y ya venía en forma de tubo, me explicó.

—He comprado un corte, le he hecho el dobladillo por un extremo y le he pasado un elástico por el otro para hacer la cinturilla. ¡Pan comido!

Me ponía mi falda de tubo a diario con un jersey negro extragrande muy calentito. Al examinarla de cerca se distinguían unas minúsculas pintitas azules y rojas en la lana. El jersey tenía un agujero diminuto cerca de los bajos y había sido de Reza. Las mangas me cubrían hasta más allá de los dedos y las manoseaba como gesto reconfortante. Annie Lennox advertía de que el amor, el amor, el amor era una droga peligrosa. Escuchaba a mis vecinos escuchar música, dar portazos, abrir grifos.

Dos manzanas se habían reblandecido en la cocina. No me atrevía a tirarlas.

La bicicleta era mi rehén. Estaba esperando que Kit viniera en su rescate.

Estaba esperando que me deseara de nuevo.

Sería tan paciente como el polvo.

Al comienzo del invierno, cuando la sal de la felicidad aderezaba mis días, lo había mandado a paseo. ¿Por qué?

Localicé la crítica de venganza de Paula sobre el libro de su rival. Arrancaba con un despliegue de objetividad, brindando un breve repaso general a los casos más recientes de ficción escrita por mujeres, un resumen del argumento del libro y una alabanza de la autora por centrarse en la vida australiana contemporánea. Entonces se desataba. La novela era corta, pero la crítica ocupaba una página entera de un diario de gran formato. Atacaba la estructura que había ideado la novelista, su tratamiento de la temporalidad, su análisis de personajes, su manejo del ritmo. Se ensañaba con la gramática, la sintaxis, la narración y el estilo. Arremetía contra el retrato que hacía la escritora de la infelicidad femenina causada por una relación heterosexual. Era retrógrado. Abyecto. No feminista. ¿Acaso no le daba vergüenza a la escritora? Etcétera, etcétera, etcétera. Paula, presa de sus síntomas mórbidos, asestaba un golpe sangriento tras otro.

Hubo una noche en la que no podía parar de dar vueltas por mi piso. Con el rabillo del ojo veía mi máquina de escribir abierta, un piano diminuto. Era cuestión de mantener el equilibrio, pero mi piso no se prestaba a dar muchas vueltas. El futón y el armario, encastrados en paredes enfrentadas del dormitorio, dejaban apenas un pasillo de la envergadura de un calefactor. En el salón tenía que abrirme paso con cuidado a través de los libros y las fotocopias que cubrían la repulsiva extensión de moqueta.

Una luna más roja que unos residuos quirúrgicos se alzaba por encima de la bahía. Como el piso de Anti estaba oscuro, llamé al timbre de Lenny. Lenny me escudriñó con semblante furioso y no hizo falta explicar nada. Me preguntó si prefería un café irlandés o un brandy Alexander. Dije:

—¿Por qué no las dos cosas?

Con las bebidas a nuestro lado, Lenny siguió evaluando trabajos. A ratos profería una risa-ladrido y en una ocasión masculló:

—¡Hurra, joder!

Le cogí prestado un ejemplar de bolsillo de John Berger con el lomo arrugado y me tumbé en el abatido sofá. Una de las virtudes de la casa de Lenny era el calentador empotrado en la chimenea, que irradiaba un calor aterciopelado a toda la estancia. Apoyado en la repisa, había un esbozo a lápiz que no había visto antes. Mostraba parte de una cama y la manga de un camisón de hospital remangada, dejando al descubierto buena parte de un brazo. Por encima, pegada con celo a la pared, había una lámina de Pissarro de unos campesinos faenando en el campo. Lenny estaba escribiendo un libro sobre él. Una vez me dijo: «Pissarro fue el único impresionista en cuya obra los sirvientes domésticos son figuras centrales. Respetaba su labor; todas esas pinceladas minúsculas».

Divisé a Olivia entre un grupo de estudiantes cerca del edificio de Filosofía. Se había soltado el cabello pictórico, y el viento lo hacía latiguear por delante de su cara. Observé cómo se lo apartaba y se lo remetía por detrás de la oreja.

«No es necesario inmiscuirla en esto»; solo que Olivia estaba siempre ya ahí. A veces me quedaba dormida pensando en ella y al día siguiente me despertaba pensando en ella. A veces recordaba con incredulidad que, apenas unos meses antes, casi no pensaba en absoluto en ella. Me animaba a creer que podría regresar fácilmente a ese estado, que no requeriría más esfuerzo que el de abrir una ventana o cambiarme de zapatos. Sin embargo, cada día, en todas y cada una de las facetas de mi vida, Olivia corría igual que un torrente. En este mundo solo una de las dos podía ser feliz, me decía. ¿Por qué no podía el pájaro azul de la felicidad volar a mi encuentro?

El grupo estaba a punto de disolverse; una compañera empezaba ya a alejarse. Me pareció imperativo pavonearme ante Olivia. Llevaba mi falda verde de tubo, y antes de echar a andar me desabotoné la chaqueta para exhibir mis sartas de perlas de plástico al más puro estilo Madonna. Actuaba como un robot, movida por una emoción tan concentrada y primitiva como el hambre que me había impelido a aferrarme a Kit con uñas y dientes. La crítica letal de Paula era una ejecución pública, pero también un grito de derrota. Cada herida que le infligía a su rival era una confesión de rechazo y sufrimiento. Me juré a mí misma no darle jamás a Olivia la satisfacción de saber que me importaba que Kit la hubiese escogido a ella y no a mí. Dedicándole una sonrisa cordial y distraída al mismo tiempo, pasé de largo sin detenerme a registrar su reacción. ¡Estoy ocupada, soy estilosa, me eres indiferente: mírame!

Aquella noche le pregunté a Anti si alguna vez había tenido pensamientos negativos hacia otras mujeres. «Negativos» era una permuta de última hora. En un primer momento, mi opción era «de odio».

—Nena, ¿será posible que no te haya hablado de Nadine? La ex de Ed. Comparten círculos de amigos, y ese es el primer problema: no hay manera de darle esquinazo. Terminaron hace dos años y ella empezó a salir con otro tío casi inmediatamente. Me encantaría que lo vieras, puaj, tiene la cabeza que parece una pelota de baloncesto, pero ella tiene una sonrisita especial, un brillo en la mirada, que le reserva solo a Ed. Siempre se acuerda de su cumpleaños. A él le parece un bonito detalle. ¡Hombres! ¿Cómo diablos han conseguido manejar todo el cotarro si entre todos no juntan ni un cerebro? Nadine insiste en no mantener las distancias, que es la única manera decente de comportarte con tu ex. Alguien habla, yo qué sé, de Italia, y ella le pone la mano a Ed en el brazo y lo mira con su sonrisa especial y dice: «¿Te acuerdas del camarero de Urbino?». Y entonces procede a contar una anécdota divertidísima y abiertamente racista que ilustra lo que ella denomina «la mentalidad mediterránea». Tiene una colección de rebecas de cachemir. Sueño con estrangularla con las mangas.

Anti añadió que los habitantes del pueblo de su padre en Grecia tenían un método tradicional para echar una maldición sobre un enemigo: escribían el nombre del enemigo en un pedazo de papel y lo guardaban en un congelador para que se formara una costra de hielo sobre él.

—A lo mejor antiguamente la gente esperaba al invierno y enterraba el papel bajo la nieve, pero nosotros los *wogs* nos adaptamos. Nos hemos modernizado[5].

—¿Y el enemigo muere? —quise saber, emocionada hasta la médula—. ¿Lo has probado con Nadine?

Anti hizo un mohín ambiguo.

«A Harvey lo han expulsado de la escuela por posesión de drogas. Los pillaron a él y a otros cuantos chavales fumando marihuana, y por suerte no llamaron a la Policía. Así es el niño que Babs tiene en un pedestal. Y pensar en todas las chaladuras que suelta acerca de que los colegios católicos son mucho mejores que los públicos… Ya se encargó ella de no decir ni mu sobre Harvey, por supuesto, pero Colin levantó la liebre. ¡Babs se puso como una fiera! Debió de echarle un buen rapapolvo cuando me dejaron en casa. Rezo por ti todos los días para que te saques el título con honores. Adjunto una receta muy rica de tomates rellenos que me dio una compañera del trabajo vegetariana».

Había empezado a circular en bici con cuidadosa desenvoltura por las tranquilas calles residenciales de detrás de mi casa. Una

---

[5] En inglés australiano, *wog* designa a la población de origen mediterráneo del sur de Europa (Grecia e Italia sobre todo) que emigró a Australia tras la Segunda Guerra Mundial. Entonces, tuvo un uso peyorativo.

mañana, un terrier salió como una bala de detrás de una cerca y me arreó un bocado en la pantorrilla a través de las mallas. La dueña se precipitó tras él, lo llevó de nuevo por la fuerza al jardincillo y cerró la cerca. Se deshizo en disculpas y dijo que en realidad era un buenazo, pero que el ruido de la cadena de una bicicleta lo ponía frenético. Dijo que en el fondo era culpa de ella por no haberse asegurado de que la cerca estuviera bien cerrada y quiso llevarme en coche a que me viera un médico. Dentro de la casa un bebé empezó a llorar. Me inspeccioné la pierna y le dije que estaba bien, de verdad, que casi no me había clavado los dientes. La mujer me obligó a prometer que iría a ponerme la vacuna del tétanos y me pidió mi número de teléfono y dirección. Necesitaba comprobar que yo estaba bien, dijo.

El corro de la patata de mi pierna supuraba un poquito de sangre y me hizo entrar en razón. El terrier, una bestia sensible, solo había intentado librarse de lo que no podía soportar. Mientras la bici estuviera en mi vida, no podría liberarme de Kit. Si no lograba liberarme de Kit, no lograría liberarme de Olivia. Para colmo, estaba harta de los despiadados golpes que mi rehén se deleitaba en asestarme en las espinillas.

Aquella tarde la bajé a pulso por las escaleras y la llevé hasta la casa de Kit. Las nubes avanzaban en la misma dirección, resueltas como tranvías. El piso de Kit quedaba en la planta de arriba, por detrás de la manzana. Había dos ventanas iluminadas en esa parte y eché unas cuantas ojeadas, pero no tenía forma de averiguar si eran las suyas.

El garaje era una estructura destartalada, un cobertizo cerrado solo por tres lados. Apoyé la bicicleta en uno de los extremos del aparcabicis, le puse el candado y eché la llave en el buzón de Kit. En la calle, henchida de chulería, casi me di de bruces con Maeve. Levantó una bolsa de papel de aluminio con comida para llevar y me informó de que iba a casa de un amigo con un pollo asado.

Estaba a pocos pasos de la cerca de mi casa cuando la dueña del terrier salió de las tinieblas con un ramo de lenguas de fuego. «Disculpas sinceras de Diggy», decía la tarjeta que acompañaba las flores. Los tulipanes anaranjados de Diggy ardían contra mis mugrientas paredes grises y llenaron tres vasos y una jarra. Esa noche desperté, vi luz concentrada en pétalos y me pareció olerla. Marqué el número de Olivia y colgué. Estaba a punto de llamar a Kit cuando lo recordé apareciendo en mi piso un domingo de mucho tiempo atrás envuelto en una ráfaga de aire fragante de barro. Si oía su voz en ese momento, se iría todo al traste.

Celebré la llegada de la primavera atrapando una gripe. Lenny me trajo sopa y mandarinas, pero solo era capaz de comer tostadas a palo seco. Trastabillaba del futón al baño o la cocina. Me ardían los ojos y el resto de mi cuerpo era puro hielo. Al dormir no paraba de taparme y destaparme, en un intento por entrar en calor, en un intento por refrescarme. Durante una plácida media hora floté por encima de mi cama igual que una novia de Chagall.

Llamó mi madre. Dijo que me notaba ronca, así que le conté que había forzado demasiado la voz dando clases. No le dije que estaba enferma, porque ¿qué clase de madre causa un sufrimiento innecesario a su hija?

Me preguntó:

—¿Cuántos días antes de Navidad llegarás?

—¡Estamos en septiembre! No tengo ni la más remota idea de lo que estaré haciendo de aquí a tres meses.

Era demasiado fácil imaginarla en su piso, con todas las superficies tapizadas de afelpada soledad y obsesivamente limpias. Penetrar en la tristeza y la penumbra y la acumulación de aquel piso era como penetrar en la mente de mi madre. Me vi perfectamente capaz de infligirle cierta dosis de tortura aun estando débil —o sobre todo por eso— y añadí:

—A lo mejor no puedo ir en Navidad. Está por ver.

Después me tumbé en la cama deseando con toda mi alma un cuenco de arroz blanco hervido flotando en sopa de Vegemite, que no era más que Vegemite disuelto en agua caliente, un plato que me hacía mi madre y el único alimento que se me antojaba cuando estaba mala.

Esa noche muy tarde sonó el teléfono. Hice una pausa antes de reunir fuerzas para levantar el auricular. Me quedé tumbada deseando que la llamada fuera de Olivia. Pero, si era ella, ¿dónde estaba Kit? Quise telefonearlo, pero me quedé dormida.

Al alba, el espejo amable me mostró a una pobre desgraciada color caoba y un piélago de clínex mucosos. Los tulipanes se habían marchitado y habían perdido los pétalos. Los tallos persistían en sus recipientes sin agua, anémicos recordatorios de seda y llamas. Me quedé sin pañuelos y eché mano del papel higiénico. Me perdí la inauguración de la exposición de Anti.

A mi madre la desahuciaban de su piso y se mudaba conmigo. Me dio tal ataque de tos que me desperté. Lo más aterrador del sueño era que mi piso, al igual que el suyo, estaba amueblado en exceso y daba a una carretera con mucho tráfico; de hecho, era su piso. Tardé mucho rato en volver a conciliar el sueño. El pasado estaba intensamente iluminado y plagado de peligros. Cosas antiguas me reptaban por el pecho.

Con la lucidez de la enfermedad, me percaté de que mi impresión de irrealidad en aquella fiesta de cumpleaños en Glebe no tuvo nada que ver con sentirme fuera de lugar, como me había parecido hasta entonces. Yo no me sentía en absoluto fuera de lugar en aquel ambiente, que pertenecía al mundo elegante al que aspiraba, el mundo por el que habíamos emigrado a Australia. Fuera de lugar me sentía en el mundo que había dejado atrás. Aquella noche descubrí la medida de la distancia que había establecido con él: siete kilómetros, el trecho que me separaba del piso de mis padres.

Su piso era la antítesis de la casa imponente y agradable en la que yo había entablado conversaciones livianas y agradables con gente rica y agradable. Mis primeros y peores años en Australia los había pasado en aquel piso donde mi madre vivía todavía. Yo insistía en tratar de convencerla para que se trasladara a una vivienda de un dormitorio, que sería más barata y estaría libre de vínculos dolorosos, pero ella se negaba sistemáticamente. Me daba cuenta de que una película fantástica en tecnicolor en la que yo regresaba a mi antigua habitación para vivir con ella por siempre jamás se proyectaba sin cesar en un pliegue de su cerebro. Cada centímetro de su piso me resultaba íntimamente familiar, pero desde hacía ya mucho tiempo era incapaz de considerarlo sin aprensión. El nombre que recibía esa fusión de cercanía y distancia era «rareza». La muerte del Padre era un postulado, pero ¿qué pasaba con la Madre siempre ya no muerta que se aferraba a sus vivaces hijas desde la tumba?

«¿Tienes pastillas para la garganta tipo Strepsils? Estoy muy preocupada por ti. Las clases deben de forzarte muchísimo la voz. Te puedo mandar pastillas desde aquí si en Melbourne no se consiguen fácilmente o son caras. Te puedo mandar cualquier cosa que necesites, incluso dinero».

Anti se pasó por mi casa tocada con una gorra de cuero. Traía fresas y nata. Nos sentamos a comérnoslas en las destartaladas escaleras de atrás, mirando a la primavera a los ojos. Hacía una tarde templada, soleada, y las fuerzas se reavivaban dentro de mí igual que la luz. La enredadera del otro lado de la calle había echado unas hojas disciplinadas de un verde elemental. Albergaba la esperanza de que el sol se abriera paso hasta los rincones más fríos y oscuros de mi mente. Anti se quitó los zapatos y los calcetines, y yo la imité. Flexionamos los dedos de los pies y hundimos las cucharas en los boles. Me abstuve de confesarle a Anti que echaba de menos la algarabía de Sídney en primavera. Echaba de menos la irreverencia de los pájaros, que se comunicaban entre sí mediante címbalos, y las desenfrenadas eyaculaciones de las buganvillas. La primavera aquí era a imagen de las personas: refinada, sabía exactamente cómo vestirse.

En cualquier caso, Anti no tenía ningún interés en el despliegue educado de nuestro alrededor. El crítico de arte de *The*

Age había vapuleado su exposición. Blandiendo en el aire su cuchara cremosa, recitó de memoria su conclusión:

—«Estas obras, tensamente eurocéntricas hasta en su paleta monocromática, tienen poco que decirle a Australia». Mi madre es medio italiana, mi padre, medio rumano, somos *wogs* al cien por cien, la dictadura de los coroneles asesinó a la mitad de mis parientes. ¿Qué espera el gilipollas ese? ¿Cielo azul, tierra rojiza y una cucaburra cagando en un viejo eucalipto? Ed dice que busca una caricatura multicultural con dados de peluche en coches deportivos, viudas de negro regando hormigón y hombres velludos lanzando platos al suelo.

Una esquina de la puerta mosquitera de mi cocina se había salido del marco. Moscas nuevas y diminutas revoloteaban con delicadeza por mi piso. Eran tan persistentes como los helechos serrucho que veía pugnando contra la cerca cada vez que sacaba la basura a los contenedores. ¡Primavera! Eché un vistazo a la gruta de hielo de mi congelador: ¡hora de desescarchar! La tarde siguiente me puse a trasladar alargadas placas de hielo de la nevera al fregadero.

Había dos fichas pequeñas sobre mi escritorio. Una contenía la lista de nombres para la hija que nunca tendría con Kit. Ni Jean. Ni Virginia. Ni mi nombre. No me decidía a llevar a cabo mi plan para la otra ficha. Debilitada por la gripe, era víctima de infinidad de síntomas mórbidos. Noté las manos congeladas al cabo de un rato, y rascar el hielo más contumaz con un cuchillo de hoja plana me agotaba. Volví a la cama y dediqué el resto del día a leer.

En el desenlace de la novela corta de Tolstói *La muerte de Iván Ilich,* la persona que está velando al moribundo se percata de que el final es inminente y dice: «Se ha acabado».

Malinterpretando estas palabras, Iván Ilich cree que se ha acabado la muerte. «Ya no existe», piensa. Toma aire y muere.

Al inicio del invierno le había dicho a Kit que lo nuestro se había acabado. Más tarde me había permitido creer que eso no era verdad. Estaba tan satisfecha como Iván Ilich, e igual de equivocada.

Los olores subyacentes de mi piso eran tres: ceniza fría, calefactor, cinta de máquina de escribir. Había retomado la ponencia para el seminario. Pensaba en los Woolf. Por supuesto que a Leonard le molestaba que su esposa lo llamara «el judío» o «mi judío». Por supuesto que no lo demostraba. La asimilación consiste en eso, nos enseña a no demostrar que nos molesta. Nos enseña a aprobar. Nos enseña a desaparecer.

¿Qué hubiese conseguido Leonard si hubiese demostrado que le molestaba?

Ni acceso a la exclusiva sociedad de los Apóstoles de Cambridge.

Ni a Thoby y Adrian Stephen, hermanos de Virginia.

Ni Bloomsbury.

Ni esposa gentil brillante, guapa, enferma mental, de impecables contactos y clase media alta.

Ni sobresaliente.

Ni aprobado con mérito.

Ni aprobado.

¿Qué conseguía mi madre cuando escogía colores efusivos y no integrados que aportaban lustre a su tez? Una hija que sacaba los colmillos lobunos e integrados.

¿Por qué te maquillas de un modo tan exagerado?
¿Por qué no te vistes de azul marino?
¿Qué tiene de malo el beis?
¿Cuándo vas a dejar de teñirte el pelo?
¿Por qué no te vistes con tonos ceniza?
El tierra es un color elegante.
El cemento, neutro.
¿Qué demonios te pasa?
¿Por qué te empecinas en no desaparecer?

Una fantasía nueva me absorbió por completo. Olivia abandonaba nuestra mesa en el Leo's y, en cuanto se metía en el baño, yo me ponía su bolso en el regazo. Primero palpaba a ciegas los objetos que contenía, tanteaba sus formas. Luego robaba una agenda de bolsillo / dinero / bálsamo labial / un frasquito de perfume / un bolígrafo. El cierre de la cadena que sostenía el corazón dorado de Olivia se había roto y la había guardado en el bolso para no perderla. Abría la cremallera del bolsillo interior y me despachaba a gusto, deslizando los eslabones fríos a través de mis dedos. Por las noches me tumbaba en la cama y me gratificaba reproduciendo en bucle la escena. Llegó un punto en el que se me olvidó que Olivia no había abandonado la mesa y me reproché no haber tenido la presencia de ánimo necesaria para llevar a cabo los hurtos.

Una mañana de octubre en la que el viento intimidaba a las flores, las ventanas de la señora Walker aparecieron desnudas. Sus cortinas naranjas yacían hechas un gurruño encima de un montón de periódicos, uno de los muchos que había en el jardín. Un hombre guapo y bronceado vestido con un mono de trabajo salió de la casa de huéspedes acarreando cartones aplanados, con unos andares tan decididos que parecía estar hendiendo el aire.

Un poco más adelante unos operarios abrían el pavimento y flotaba un hedor terrible. Volví a la casa de huéspedes y le pregunté al hombre si la señora Walker se había mudado.

Se pasó una mano por el pelo saltarín.

—¿Eres amiga?

—Vecina.

—Yo soy el casero. ¡Mira cuánta porquería! —Propinó un ligero puntapié a la pila más cercana de periódicos con su bota Blundstone—. Peligro de incendio. Se lo advertí un montón de veces.

—¿Adónde ha ido?

—Cuando te enteres me lo cuentas. Me debe meses de alquiler. —Sus ojos vagaron como si tratase de inmovilizar una verdad elevada, compleja. Entonces dejó caer los hombros—. Pearl Walker se ha esfumado, cielo. Se ha quitado de en medio con mi dinero. Fin de la historia.

Hablaba como si solo hubiera una historia sobre posesión y robo. Se me vino a la cabeza el póster que Lenny tenía en su puerta de una mujer negra en una playa. Recortada contra los azules del mar y el cielo, dirigía la vista al frente con los brazos en jarra. Su mirada, su porte y los colores eran asertivos. La leyenda narraba «la historia detrás de todas las historias de Australia»: «Estás en tierra aborigen».

En la fase inicial de planificación de *Los años,* cuando Woolf reflexionaba acerca de lo que deseaba conseguir con su nuevo libro, escribió:

> Seguiré aventurándome, cambiando, abriendo mi mente y mis ojos, negándome a ser etiquetada y estereotipada.

Yo había copiado sus declaraciones en una ficha que luego le había enseñado a Anti poco después de la inauguración de su exposición. Anti copió la cita con espray en un corte de tela y fui a su estudio a ayudarla a colgarla de una pared.

—Diez minutos con ella y me pondría a buscar una pistola —dijo Anti en tono soñador a la vez que contemplaba su pendón—. Pero contribuyó a construir mi cerebro. ¿Entiendes?

El teléfono sonó a las tantas de la noche.

—Kit —dije—. Kit.

Mi interlocutor colgó.

Durante toda la primavera las ramas golpetearon al viento y mis ventanas golpetearon en sus marcos. Me despertaba sobresaltada un golpeteo y pensaba que Kit estaba llamando a mi puerta. Pero solo era el viento.

Lenny y Shaz iban a venir a cenar, pero Lenny llamó por la tarde para anularlo.

—He perdido a otro amigo. Robbie, Daz, Ari, Peter, Kurt, Mike, Craig. Y eso solo este año. Hoy, Aiden. Tenía veintidós.

Algunas veces los celos eran un visitante de una galaxia alienígena que nada tenía que ver conmigo. Otras veces eran una excrecencia aterradora en mi cuerpo para la que la ciencia no había descubierto cura.

Poco después de encontrar la carta de Lois, me puse a leer de pie en una librería *Fragmentos de un discurso amoroso.* Era caro pero lo compré sin pensármelo dos veces. Sí sí sí, musitaba orgásmicamente para mis adentros mientras leía, sí, es exactamente eso. El enamorado de Barthes sabía lo que era estar en mi piel. Deseaba y era ridículo y esperaba y desesperaba. Se ponía celoso. Reconocía la complejidad de los celos. Se obligaba a aceptar relaciones de no exclusividad y se preguntaba si hacerlo no sería en el fondo un ejemplo de conformismo a la inversa: «Porque me daba vergüenza tener celos». Quise releer ese fragmento, pero mi ejemplar plagado de esquinas dobladas había desaparecido. Lo busqué por todo el piso hasta que llegué a la conclusión de que Kit debía de haberlo afanado y arrancado la guarda con mi nombre.

Tal vez Olivia estaba tumbada en la cama de Kit leyéndolo en aquel preciso instante, musitando en silencio sí sí sí. Se percataría de que su aquiescencia en la relación deconstruida tenía su origen en la vergüenza. La asombraría, como me había asombrado a mí, el descomunal poder silenciador de la vergüenza. ¿A quién podíamos confesar sin atisbo de vergüenza nuestros sentimientos traicioneros, competitivos, trillados, anticuados, no feministas? La vergüenza era capaz de transformar la solidaridad femenina en una brida de castigo. Era capaz de garantizar que una filosofía concebida para liberarnos impusiera un peso sobre nuestras lenguas.

—Y conseguí una de las becas, pero como no saqué la nota más alta, mamá dijo que era «un resultado decepcionante».

Aullamos como lobas con la historia de Shaz.

—¡Habla exactamente igual que mi madre! —exclamamos.

—¡Increíble lo que sueltan por esa boca!

—¡Espero que mis hijas me peguen un tiro si acabo así!

Shaz estaba celebrando su cumpleaños con un almuerzo exclusivamente femenino. Obviamente, la ocasión exigía que vapuleásemos a nuestras madres, que las despedazáramos con nuestros colmillos afilados. Como hijas, era nuestro deber y nuestro sino defraudarlas, en eso estábamos de acuerdo, y juramos que seguiríamos haciéndolo. Aullamos y aullamos hasta que nos corrieron lágrimas por las mejillas.

Etsuko tocaba los teclados en Says Ann. Ella también desgarraba y aullaba, pero de buenas a primeras se vino abajo. Preguntó:

—¿Alguna preferiría acabar como su padre?

Llamaron al interfono. La voz de Kit dijo:

—¿Me devuelves la fuente?

—¿Cómo?

Se me había olvidado, sinceramente.

—Mi fuente de lasaña.

—Pero si me la regalaste.

—La necesito. —Sonaba descontento.

Un camión cambió de marcha en la calle.

Me subí a una silla y bajé de la balda su / mi / su fuente esmaltada. Estaba gris de polvo y contenía una mosca en proceso de desintegración.

Cuando hube dejado la fuente en el rellano y cerrado la puerta, hablé por el interfono y apreté el botón que abría la puerta de la calle.

En el cuarto de baño me coloqué un tampón limpio. Me lavé las manos y me las sequé en una toalla en la que una vez encontré unos pelos de color castaño brillante. Habíamos estudiado en mi bañera con patas de garras de hierro fundido, habíamos estudiado en la ducha con su chapa prensada en curva y su mampara *art déco.* El tampón que había tenido dentro yacía ahora tibio, hinchado y carmesí junto a la mosca dentro de la fuente mugrienta. La regla nunca nos había disuadido, floreando el pene de Kit, dibujando pétalos en mis sábanas. Que Olivia se comiera una lasaña aderezada con sangre y muerte. Que todos ellos —Mops, Pobby, Amabel, Kit— saboreasen mis afectuosas ofrendas.

«¿Quién escribirá la historia de las lágrimas?».

La ficha que introduje en el buzón de Kit transmitía la promesa que le hacía el monstruo al doctor Frankenstein: «Estaré contigo en tu noche de bodas».

La ponencia que leí a los estudiantes de posgrado se titulaba «El té de Virginia Woolf». Empezaba mencionando la importancia del té de la tarde en la Gran Bretaña victoriana y a continuación me ocupaba del rechazo que a Woolf le inspiraba la ceremonia como símbolo de su rechazo a unos roles femeninos trasnochados. El té de las cinco pierde estatus en *Los años* a medida que los personajes femeninos de Woolf avanzan hacia la emancipación, dije. Cuando Rose, sufragista, piensa en su niñez, experimenta nostalgia por el elaborado ritual porque ya no ejerce ningún poder sobre su vida.

Señalé que la suerte de los Pargiter estaba vinculada al Imperio. Los hombres de la familia van y vienen de destacamentos imperiales, como soldados o como terratenientes; el patriarca perdió dos dedos en lo que en tiempos de Woolf se conocía como «el motín indio». Hacia el final de la novela, un invitado indio tocado con un turbante rosa aparece en una fiesta que celebra Delia Pargiter en Londres. Se lo describe como «uno de los indios de Eleanor» y sirve para representar los valores progresistas entre las Pargiter. Woolf nos cuenta que Delia y Eleanor conversan con él, pero no le otorga nada que decir.

Abundé en el papel que desempeñó el té en la historia del Imperio. Tras las guerras del opio en China, se empezó a cultivar la planta de té en las colonias británicas. La mano de obra en las plantaciones estaba integrada por trabajadores contratados, persuadidos o coaccionados para abandonar sus tierras ancestrales. El sistema de contratación instituido tras la abolición de la esclavitud garantizaba que los trabajadores de la plantación vivieran en pésimas condiciones, hacinados en cuarteles miserables sin agua corriente ni un mínimo de salubridad y sin recibir atención médica. Los hombres estaban empleados en las fábricas que procesaban las hojas de té, mientras que las mujeres trabajaban como recolectoras, dado que sus manos pequeñas eran más aptas para tan delicada tarea. No se contemplaba la escolarización de los hijos de los trabajadores, que tarde o temprano acababan sustituyendo a sus padres en las plantaciones.

Contrasté la trayectoria cada vez más moderna de las mujeres inglesas de Woolf y la simultánea pauperización de las recolectoras de té. Esto último era lo que posibilitaba lo primero, las prácticas de explotación coloniales que sustentaron el progreso y la riqueza británicos. Conté a mi público que Woolf se había propuesto encontrar una forma nueva en *Los años* y luego abandonó sus intenciones. Una forma nueva encarna un deseo de ver el mundo de un modo distinto, y Woolf no había logrado tal cosa. *Los años* quedaba delimitada por la poderosa ficción de que la realización personal de las mujeres británicas trascendía el imperialismo que la había hecho posible. Esa era «la historia detrás de la historia» en *Los años.* Al igual que el indio de la fiesta, era una presencia narrativa a la que se le negaba una voz.

El supuesto hallazgo con el que concluía mi ponencia era exactamente el que me había propuesto encontrar: una de las muchas notas que toqué para producir la música discursiva autorizada, interrogando, postulando, enfatizando, convocando a un asistente de mirada inexpresiva llamado el Lector Suspicaz y exhibiendo mi dominio sobre el texto. El indio del turbante rosa era mi clamoroso acorde final: el personaje insignificante que resultaba encarnar la clave para entender el significado oculto de *Los años.*

No había invitado a Paula al seminario, pero allí estaba de todos modos, con el semblante en función Ánimo y situada donde no podía evitar verla. En el turno de preguntas empezó elogiando mi charla, que calificó de «maravillosamente sugerente». Añadió que las posibilidades de interpretación de *Los años* eran inagotables, dado que ningún texto posee significados establecidos. Exhibió su dentadura sanguinolenta y formuló una pregunta que no fui capaz de responder acerca de un ensayo de una teórica feminista que no había leído.

Después salí huyendo con Elise y unas cuantas estudiantes más al Johnny's Green Room, donde comimos espaguetis a la marinera hechos con sardinas de lata y nos pasamos con el vino de la casa. Cuando llegué a mi piso, tuve que poner derecha a la Madre Woolf. No podía hacer otra cosa, le expliqué mientras recolocaba en su sitio la masilla despegada. Una hija tenía la obligación de señalar las deficiencias de su madre; era inevitable. ¿Acaso esperaba que la aplaudieran por autorizarle la entrada a un indio en un salón inglés con la condición de que no hablase? La Madre Woolf se empeñaba en evitar mi mirada, sus energías creativas y destructivas en ebullición y la huella de mi bota oscureciendo parcialmente su rostro.

«Si sufro una caída, supongo que me encontrarás muerta tirada en el suelo».

Una noche nos habíamos juntado en casa de Lenny para cenar unas pizzas cuando llegó Benedict y nos contó que una desconocida le había escupido en el Safeway.

—Que estaba tocándolo todo y esparciendo mi asquerosa enfermedad, me ha dicho. Iba con un crío pequeño y lo ha obligado a ponerse detrás de ella, como si fuera necesario protegerlo de mí.

Benedict se había marchado sin la compra.

—No creo que pueda volver jamás a ese supermercado.

Lenny empezó a divagar sobre lo necesaria que era la información y lo poco que estaba haciendo el Gobierno para educar a la población. Shaz lo interrumpió.

—Sí, no me cabe duda de que todo eso hace mucha falta, amigo, pero ¿sabes lo que quiero hacer yo? Gritar. Liarme a gritos con toda la estupidez y el odio y la muerte, y lo voy a hacer ahora mismo. —Se había levantado y estaba poniéndose la parka—. ¿Os venís?

Así es como nos recuerdo: trotando por el paseo marítimo a grito pelado, Shaz a la cabeza con su parka plateada, las chanclas que Benedict no se quita en todo el año golpeteando junto a las deportivas de Lenny, el puño de Maeve en el aire, el pañuelo naranja de Anti flotando como un estandarte. Gritamos al pasar por la plaza con su memorial de guerra, gritamos al pasar por el deslumbrante trasatlántico del pub. Gritamos abriéndonos camino por Marine Parade y, cuando llegamos al malecón, echamos a correr. Galopamos gritando como si fuéramos a arrojarnos a la bahía. Todavía poseemos nuestras caras jóvenes, desprevenidas. Las farolas de sodio que describen una curva por encima de nuestras cabezas tienen las fauces tan abiertas como nosotros y emiten sobre el agua un resplandor color yema líquida. Más allá de donde alcanza su luz, la oscuridad farfulla y se encoge de hombros.

Me paseé por la calle del *pied à terre,* deambulé por la manzana y paseé de nuevo por la calle del *pied à terre.* Luego pasé por delante de la galería de Mops. Tenía ventanas de triforio, de modo que no pude atisbar el interior. Un póster en la puerta publicitaba la exposición en curso con una imagen brutalmente repulsiva en tonos naranjas y rosas.

Era viernes por la tarde. En Brunswick Street compré una barra de labios rosa anaranjada brutalmente repulsiva que venía en un estuche dorado, me metí en la oficina de correos y se la envié a mi madre; le encantaría en cuanto la viera. Antes de mandarla, rasqué casi toda la pegatina con el precio pero dejé el primer dígito tras el símbolo del dólar. Mi madre sabría que había pagado más de veinte dólares, una suma que para ella representaba Extravagancia Inconcebible. Guardaría la barra de labios para una ocasión especial que nunca llegaría y, cada vez que abriera un cajón y la viera, su felicidad ante tan abrumadora prueba de mi amor se intrincaría con el terror por mi carácter derrochador.

Un letrero en la cristalera de una cafetería relativamente nueva captó mi atención. Anunciaba que el dúo de violín Orpheus actuaría el domingo siguiente a las tres de la tarde. Los nombres de las intérpretes figuraban justo debajo. Me pregunté si Kit acudiría el domingo a escuchar a Amabel y a Olivia, y si Mops y Pobby irían también. Mi cerebro espumeaba de envidia y desprecio por esos padres que conversaban en cafés sobre música y arte. La envidia se derramó y cubrió el pasado de Olivia. Elucubré sobre su niñez en Mount Macedon, en un ambiente de creatividad relajada y ausencia de prejuicios, con animadas conversaciones de sobremesa en la que no había temas vedados, con adultos que aceptaban las transgresiones infantiles y las perdonaban de inmediato.

Mis padres se habían criado en hogares donde música era sinónimo de radio. Ninguno de los dos había aprendido a tocar un instrumento. Mi familia paterna era alegremente poco musical;

la materna, simplemente pobre. Ella fue quien insistió en apuntarme a clases. Al final, cuando sacaron mi piano de nuestra casa, comentó su ausencia con triste resignación. A partir de entonces, nuestras habitaciones consistieron en meros espacios amueblados, pero la mirada de mi madre se sentía atraída hacia el espacio donde ya no había un piano. A mí me resultaba vagamente irritante; era demasiado joven para comprender que la pérdida que lloraba era la de la distancia recorrida.

En Sídney mis padres adquirieron un plato y discos de intérpretes como Frank Sinatra, Neil Diamond y Johnny Cash. Caí en la cuenta de que llevaba un tiempo sin ver el tocadiscos ni los vinilos. Cuando mi madre llamó para darme las gracias por la barra de labios, le pregunté si seguía escuchando música. A menudo se ponía la radio, dijo. Pregunté por los vinilos y me contó que los había donado junto con el tocadiscos a una iglesia para el mercadillo de Navidad. Insistiendo y presionando, al final conseguí sacarle que aquellos discos le hacían «sentirse mal».

En la jerga de mi madre, «sentirse mal» abarcaba un espectro que iba del chasco fugaz a las ideaciones suicidas. La llamada telefónica concluyó y me quedé tumbada en la cama sintiéndome mal porque:

yo era la clase de hija que dejaba la pegatina con el precio en la barra de labios brutalmente repulsiva que le había comprado a su madre viuda;

ella era la clase de madre a la que la barra de labios no le parecía brutalmente repulsiva;

ninguna de las dos sabía salir de una situación que me resultaba brutalmente repulsiva y a la que estaba tristemente resignada.

Día tras día de noviembre, el polen de la alheña y de los plátanos de fronda nueva desencadenaba mi rinitis alérgica. Los antihistamínicos me tumbaban, de modo que optaba por el escozor de ojos y por sonarme la nariz hasta dejarla en carne viva. Las clases del laboratorio de idiomas habían terminado hasta el curso siguiente y ya había evaluado los exámenes finales de mi alumnado y estaba concentrada en la tesina. Trabajaba en casa porque mis formidables estornudos incordiaban a los universitarios que se preparaban para los exámenes en la biblioteca. El pobre desgraciado color caoba ya no asomaba la patita, así que di por hecho que mi ponencia lo habría apaciguado. Tenía libertad para plantear hipótesis, desmitificar e interrogar, y lo hacía con una facilidad sospechosa.

Una tarde borrascosa encontré correo en el buzón. De las ranuras de mis vecinos asomaban sobres idénticos. La hoja de papel del interior exhibía un membrete de una agencia inmobiliaria, aunque en realidad la carta la remitía el tardocapitalismo. A partir de enero mi alquiler ascendería a doscientos treinta dólares mensuales, un incremento del veinticinco por ciento.

El crepúsculo era una mortífera franja roja sobre la bahía. Olas pequeñas insistían en tocar su nota de rabia frustrada.

Anti me llevó a un mercadillo escolar al que acudía a rebuscar todos los años. Era un colegio para hijos varones de familias con dinero, y me dejó pasmada la cantidad de cosas que desechan los ricachones. Repasamos percheros de ropa de marca y muestras, electrodomésticos donados porque habían dejado de ser el último modelo, repisas con zapatos casi sin estrenar. Compré libros y mallas para mí y una blusa ofensivamente floreada para mi madre. Anti se agenció una licuadora y un surtido de cachivaches para sus instalaciones. Luego se abalanzó sobre un par de sandalias doradas con tacón de aguja, unos pendientes dorados del tamaño de platillos y un vestido largo magenta con los hombros al descubierto.

—Tengo pronto una boda familiar. Voy a ir a tope de *wog*.

Más tarde, de camino a su casa, nos encontramos con Lenny bajando las escaleras. Orgullosas como corsarias, le mostramos nuestro botín y le insistimos para que se tomara una copa con nosotras, pero había quedado con Olivia y Kit. Una compañía minera le había ofrecido trabajo a Kit en Australia Occidental, nos dijo, y Olivia había organizado una celebración espontánea en Fitzroy.

Anti dijo:

—Pero ¿Kit no está todavía en la uni?

—Casi ha terminado.

El padre de Olivia formaba parte del consejo de la empresa, explicó Lenny.

—Lo fichan para que empiece a finales de verano. Con la condición de que apruebe los exámenes, pero Kit está bastante seguro de que todo irá bien.

Lenny se fue. Anti y yo subimos a su balcón.

—«Kit está bastante seguro de que todo irá bien» —repitió Anti a la vez que le quitaba el corcho a la botella de ginebra—. Ya, yo también estoy bastante segura de que todo le irá bien. ¿Por qué será? ¿Acaso porque Papi Anglosajón Blanco le ha solucionado el porvenir?

Cuando estaba estudiando la carrera, averigüé cuánto podía beber exactamente para desinhibirme sin perder el control. En las últimas tres noches de sábado había salido a escuchar bandas en pubs. El hombre cuyas copas acepté y con el que luego salí a un callejón el primer sábado tenía algo en la tersa mandíbula que me recordaba a Kit. Al sábado siguiente besé a un hombre por todo el pasillo lleno de grafitis que conducía al baño de mujeres, donde nos metimos en un cubículo y echamos el pestillo. El tercer sábado lloviznaba y la suavidad del aire resultaba extravagante. En una calle residencial desierta flotaba un olor potente a tierra y verdor. El hombre con el que había bailado toda la noche forzó la cerradura de un Holden; los australianos tenían ese conocimiento innato, me dijo en el momento en que nos acomodábamos en el asiento.

Anti estaba equivocada, y se lo dije: era el porvenir de Olivia el que Papi Anglosajón Blanco había solucionado. Un *pied à terre* o un marido, ambas cosas representaban un regalo la mar de considerado. La bahía tenía el aspecto de una boca llena de empastes.

—De todas maneras, ¿qué más nos da esa gente? —añadí sin apartar los ojos de aquel bostezo acerado.

«Una chica llamada Judy Carstairs que compró hace poco el número 43 me ha pedido que les dé de comer a sus gatos mientras ella está de viaje en Brisbane por trabajo (es abogado). Los gatos son dos especímenes hermosísimos y se llaman Fluffy y Brass. A Brass hay que ponerle la comida en el banco de la cocina, ¡y Fluffy solo come de una escudilla roja! Ayer llamó Judy para preguntar cómo estaban. Figúrate, solo tiene veintinueve años y ya es propietaria. Debe de ganar un buen sueldo. Acuérdate de que tu padre y yo te aconsejamos que estudiaras

Derecho. Después de ponerles su cenita me quedo con ellos un rato largo. A Brass le encanta acurrucarse en mi regazo. Le he dicho a Judy que los echaré de menos cuando vuelva y me ha preguntado que por qué no me agencio un gato. Para qué. Te encariñas y luego hay que sacrificarlos».

Se oía un ruido incesante entre bramido y aullido que insinuaba la presencia de un animal en agonía. Bajé al espectáculo nocturno de los viernes, multitudes, neones, estéreos de coches, atascos. Un hombre se arrastraba con sus bolsas de pertenencias por el otro extremo de la calle deteniéndose de vez en cuando. Su protesta sin palabras subía y bajaba. Durante una semana más o menos la oí cada tarde sobre las ocho. Luego desapareció para siempre.

Como era seguro que Olivia y Kit acudirían a la fiesta del trigésimo cumpleaños de Lenny, me cambié tres veces y me rehíce el maquillaje dos. Me puse sujetador y acto seguido me lo quité. Por último, con la cama recubierta de ropa desechada, me decidí por una combinación lila con encajes en el escote en pico y los tirantes. El pelo me había crecido lo suficiente para hacerme un recogido flojo, y al cierre de circonitas de mi reluciente gargantilla le faltaban varios cristalitos. ¡Ojo, mundo!, le dije a mi reflejo: ¡Putilla al ataque! Camino de la puerta, me detuve y volví para mirarme en el espejo amable. Me quité las peinetas de plástico y me revolví el pelo para que me cayera alrededor de la cara.

Con la llegada del verano, Melbourne se había convertido en Sídney. Habían tomado las calles una luz solar atronadora y un aire denso y húmedo. El Galleon había empezado a servir café con hielo, «más frío que el corazón de tu ex». Sin embargo, cuando me encaminé a casa de Lenny y la bahía apareció ante mis ojos, montañas de cúmulos se alineaban en el horizonte. La tarde parecía alterada, como a punto de armar bronca.

El balcón de Lenny estaba abarrotado. Había también gente sentada en los escalones cerca de la ventana del rellano con la esperanza de recibir un soplo de brisa. Vi la parte de atrás de la dorada cabeza de Olivia en el momento en que atravesé el vestíbulo en dirección a la cocina. Muchísima gente había traído comida. Aparté cuencos y bandejas e hice hueco en la mesa para mi quiche de espárragos.

Maeve, arrebatadora con un vestido de algodón desteñido, preguntó si quería servir la quiche caliente. Tenía una pasta al horno en la nevera que pretendía calentar más tarde y no le costaba nada meter mi quiche al mismo tiempo. Le dije que a temperatura ambiente estaría bien. Maeve frunció el ceño; le preocupaba que una pasta al horno no pegara con el tiempo que hacía.

—Pero es lo único que sé preparar. Y hay que servirla caliente, con el queso derretido.

Me encantaba la pasta al horno en cualquier época del año, le aseguré mientras cortaba la quiche. Maeve comentó que tenía tal cantidad de cosas por hacer en los próximos días que no pensaba con claridad. Se iba de su casa compartida a Darwin y luego a Indonesia. Allí estaría todo el verano, estudiando danza tradicional. Me pasó una botella. Llené de champán hasta los topes la taza más grande de Lenny.

En la sala de estar oí que Amabel me llamaba.

—¡Aquí estás! —exclamó mientras se abría paso para llegar hasta mí—. Liv y yo justo estábamos preguntándonos cuándo llegarías.

Musité algo sobre la decisión de última hora de darme una ducha fría por culpa del calor y Amabel dijo que era fascinante que todavía tuviera acento de Sídney.

—Seguramente ya no te lo quitarás jamás.

—¿Cómo es el acento de Sídney? —preguntó alguien.

—Du-chah. Vera-noh.

Bebí champán.

Alguien cantaba en el balcón. Benedict, encaminándose a la puerta, anunció que se había quedado sin tabaco.

—¿Queréis algo de la tienda?

Se fue y llegó la ventolera. La puerta del cuarto de baño se cerró con estruendo. El canto se intensificó y reconocí la voz áspera de Shaz. *Remember what Adorno said. Feed your head. Feed your head*[6]. La canción no tardó en disolverse en carcajadas y bullicio. La gente empezó a pasarse a la sala de estar. Shaz me abordó con una sonrisa de oreja a oreja y un botellín de cerveza en la mano.

—¡Tía, vas hecha una buenorra! Ahora ya solo nos falta Anti.

—¿No te lo ha dicho Lenny? Se casa su prima. No puede venir.

Kit había seguido a Shaz al interior del piso. Vi cómo me veía y decidía que no me había visto. Todavía era capaz de recrear el olor de su piel, frío y dulce como el alcohol. Se acercó al grupito que se había formado alrededor de Lenny y se puso a picotear *snacks*.

---

[6] *Recuerda lo que dijo Adorno. Alimenta tu mente. Alimenta tu mente.* Es una variación de los últimos versos de *White Rabbit,* canción de Jefferson Airplane plagada de guiños a *Alicia en el país de las maravillas,* que en lugar de «Adorno» dice *the dormouse,* 'el lirón'.

Retumbó el trueno.

Se puso a llover.

Las voces se alzaron, la estancia se oscureció, las cosas se tornaron elementales.

Benedict entró en tromba por la puerta principal con el pelo claro ennegrecido por el aguacero y pegado a la cabeza.

Notaba el vestido glutinoso contra mi piel. Agarré un pedazo de queso y unas galletitas saladas de una bandeja y me lo zampé todo mirando a la calle desde la puerta del balcón. La bahía había desaparecido tras un velo de aluminio. La lluvia que chorreaba por el tejado caía de lleno en el balcón, en cuyas baldosas se formaban charcos. En algún punto cercano lloraba un bebé. Un hombre vestido solo con unas bermudas venía corriendo por la calle agarrando una bolsa de plástico que se había puesto en la cabeza. Los coches pasaban lanzando salpicaduras como espadas.

El Mac estaba en su sitio habitual, sobre el escritorio de Lenny, solo que ese día estaba decorado con velitas rosas de espiral, recubierto de una capa de crema de café y hecho de bizcocho. El monitor decía «Feliz cumpleaños» en Times New Roman de chocolate, y el teclado añadía: «A partir de ahora, cuesta abajo». La maravilla era una creación de Anti. Le di a Lenny su regalo, una antología de poemas de Elizabeth Bishop. Por encima de su hombro capté la mirada de Kit y se la aguanté. Intercambiamos un gesto de asentimiento y acto seguido miramos los dos para otro lado. Hice un fantástico papel admirando el pastel.

Olivia se abría paso en mi dirección.

—Estás preciosa —dijo, y me besó—. Qué calor, ¿no?

Se abanicó con la mano. Llevaba un vestido ligero de algodón con mangas de globo que se ceñían a la muñeca. El *block print* indio, blanco y verde, salpicado aquí y allá con toques dorados, me hizo pensar en azucenas. Me vi entrando a hurtadillas en su dormitorio, arrancando el vestido de su percha y haciéndolo jirones. A pesar del comentario que acababa de hacer, Olivia parecía fresca y virginal, como una azucena. Tocó su carísimo corazón.

El silencio entre nosotras se me hacía insoportable y solté lo primero que se me ocurrió:

—¿Te llegó a responder Simone de Beauvoir?

Olivia puso cara de sorpresa.

—No esperaba que lo hiciera. Lo importante era escribir la carta.

Cambié el peso del cuerpo al otro pie. Deseé que se me hubiese ocurrido escribirle a De Beauvoir.

Shaz nos ofreció una bandeja con hortalizas en juliana y baba ganush y le preguntó a Olivia si el fantasma de las joyas seguía haciendo de las suyas.

—Ah, te acuerdas. Qué tonta me siento.

Haciendo la limpieza de primavera en su dormitorio, Olivia apartó una cómoda de la pared. Allí estaban todas las joyas que había echado en falta.

—Dejo ropa encima de esa cómoda entre lavado y lavado. Se ve que a veces, si iba con prisa y agarraba la prenda que fuera, alguna joya se caía por el hueco de detrás del mueble.

La habitación abarrotada nos obligaba a una cercanía incómoda. Olivia daba sorbitos de champán, no de una taza o de un vaso cualquiera de vidrio o de cartón, sino de una copa flauta. Hasta donde yo sabía, se la había traído de su casa. El líquido dorado y cristalino parecía reunir y concentrar toda la luz de la estancia.

Kit se había acercado y hablaba con Shaz. Llevaba una camisa ancha de estampado de cachemira que parecía nueva. Amabel también estaba allí —Amabel siempre estaba allí— con un puñado de patatas fritas.

—Qué colonial es confiar en que los demás hablen inglés —la oí decir. Se volvió hacia mí, integrándome a la fuerza en la conversación—. Tú que entiendes de idiomas, díselo. Dile que se lleve al menos una guía de conversación.

Inmediatamente pensé: Se va a París con Olivia. Kit se reía, de modo que logré articular una leve carcajada también, como si Amabel hubiese hecho un comentario jocoso.

Shaz le preguntó a Kit adónde se iba.

—A Londres.

—Kit va a Inglaterra a visitar a su hermana —explicó Olivia—. Pero primero va a pasar un tiempecito en Bali. —Le dirigió una mirada—. ¿Sigues pensando en parar a la vuelta también?

—Espero que no vueles con Garuda.

Shaz acometió una anécdota sobre un vuelo en el que un mecánico con su mono y una caja de herramientas saltaba de su asiento y se metía corriendo en el puesto de mando cada vez que se producía una turbulencia.

Sin que nadie más lo viera, Kit levantó su botellín en mi dirección y dio un trago largo. Yo me escabullí, emocionada hasta la médula. ¡Se iba solo! De pronto, mis buenos propósitos y mi actitud dejaron de tener relevancia. Nos reuniríamos en París como si nunca nos hubiésemos separado. En un bulevar gris comeríamos castañas asadas de un cartucho de papel de periódico. Me burbujeaba la sangre, sentía que mis pies no tocaban el suelo. Mi mente enhebraba toda una secuencia de cálculos: mi saldo bancario, las tasas de cambio, los precios de los pasajes. Entretanto, me mostraba encantadora con desconocidos, totalmente exquisita. Uno de ellos, un oceanógrafo de barba desaliñada, me tocaba un poco el brazo mientras me hablaba. Nos apartamos del resto, en la medida de lo posible. Me apoyé en una pared en penumbra.

El viento había cambiado de dirección y embestía la habitación. Los pezones se me pusieron duros bajo el vestido, y por la feroz concentración que el oceanógrafo ponía en mi cara supe que estaba pensando en ellos. Tal vez, me dije, tal vez. Arqueé la caja torácica y esbocé una sonrisa cargada de promesas. El oceanógrafo me aseguró que se le daban muy bien los masajes de espalda, que tenía dominada la técnica. En ese mismo momento Kit me levantaba el vestido y se amadrigaba en mi cuerpo entre sábanas de nailon.

Cuando llegó el momento de comer, Shaz vino a sentarse en el suelo con nosotros. Me soltó un pellizquito discreto y cargado de intención en el muslo cuando el oceanógrafo alabó mi quiche. Nos habló de una fiesta a la que había ido hacía poco, organizada para celebrar el nacimiento de su sobrino. Su cuñada era letona, y en la ceremonia de bautismo inspirada en el paganismo sus parientes formaron un corro alrededor del bebé y cantaron *El hombre sabio nació en la sauna.*

De la cocina salió Maeve con un paño sobre el hombro y gimoteando:

—Perdón, perdón, he calculado fatal el tiempo. Pero que todo el mundo coma un poco de aquí, por favor.

Había colocado la fuente caliente sobre una tabla para pan y estaba atravesando toda la sala con ella, pasando por encima de las piernas estiradas con la precisa gracilidad de una bailarina.

Sus pies descalzos, inmaculados como los de un bebé, dejaban al descubierto unos talones inocentes y rosados. Dejó la tabla encima del escritorio de Lenny, arrugó el ceño y dijo:

—Voy a por un cucharón para servir.

Me pareció que transcurrían horas, aunque no es posible, porque Maeve aún no había vuelto al salón. Un tío ya estaba metiéndole mano a la pasta al horno, hundiendo una paleta para tartas en la fuente. La sala se había estrechado. Los objetos ganaban contornos, retrocedían, se acercaban. La fuente de Maeve parecía desbordarse de la mesa, su fuente de esmalte blanco con el borde azul. Debe de haber montones de fuentes idénticas, razoné. Se me heló la raíz del pelo.

Kit y Olivia se habían instalado en el suelo en ángulo recto con respecto a mí. Tenían gente alrededor, pero sus cuerpos, ligeramente orientados uno hacia el otro, creaban un espacio íntimo. Bajo mi atenta mirada, Kit soltó el tenedor y tocó el pómulo de Olivia. Extendió la mano frente a su cara con la palma hacia arriba y el dedo índice estirado. Olivia se inclinó hacia delante, frunció los labios, cerró los ojos, sopló la pestaña de la yema del dedo de Kit. Me pregunté qué deseo habría pedido, y si tendría que ver con Kit, y qué posibilidades habría de que se cumpliera. Muchos años tuvieron que pasar hasta que me di cuenta de que la vida no va de deseos cumplidos sino de la lenta revelación de lo que de veras hemos deseado.

Despejando el piso la semana antes de Navidad, encontré unos pétalos de moho gris verdoso en la parte de abajo del futón.

Encontré *Fragmentos de un discurso amoroso* debajo del sillón amarillo.

Encontré una caracola blanca engurruñida igualita que la pasta al horno de Maeve.

Cuando regresé a Melbourne después de las fiestas, me mudé a un semiadosado en Richmond con Elise. Una tarde de abril Olivia estaba sentada con unos amigos en el comedor de la cafetería de la uni. Un temblor ínfimo me atravesó; se había cortado el pelo. A navaja por los lados y por detrás, y levantado por la coronilla, como una gavilla de trigo. Estaba junto a un ventanal, y el sol otoñal que se reflejaba en su cabello me hizo desear tocarlo ligeramente, sentir sus pinchos dorados y elásticos en las puntas de los dedos. Cogí mi café y me fui pensando en una paradoja que se describía en *Fragmentos de un discurso amoroso:* en las relaciones triangulares, la persona rival también es amada, y se acrecienta en la mente obsesiva del sujeto amoroso a la vez que el ser amado mengua.

En paralelo, me volcaba en ceñir el corsé de la Teoría a mis ideas sobre las novelas de Woolf. La Teoría constreñía y sostenía mi tesina, como era su función. Cuando la di por concluida, «Aventurando, cambiando. El yo de género en las últimas obras de ficción de Virginia Woolf» presentaba una estructura perfecta y cumplía a la perfección los requisitos de la universidad. Ahora pienso en ello con un estremecimiento de vergüenza.

Paula me llevó a almorzar y me instó a que acometiera el doctorado. Estábamos bebiendo champán y sus labios dejaban marcas rojo arteria en la copa. La titularidad permanente en el departamento había sido para Guy, aunque solo había publicado en revistas especializadas, y el segundo libro de Paula estaba a punto de salir. La academia necesitaba investigadoras feministas, me dijo.

—Tenemos que luchar por ellas.

Sentí lástima por Paula. Para acabar con el patriarcado, se veía obligada a sonreírle a un hombre al que estaba deseando asesinar.

El logotipo de la universidad mostraba a una inmaculada mujer alada que volaba en lo alto del firmamento azul. Llevaba una vaporosa túnica blanca que destacaba sus pechos sensuales. Yo había soñado con hacer carrera como investigadora, pero el sueño había perdido su atractivo. Las intachables heroínas feministas esculpidas por Paula se asemejaban a la del logo de la institución: de altos vuelos, blancas, esbeltas. Había más verdad caótica y humana en la Paula Interregno: manchada de sangre, asestando hachazos a su rival, aullando de dolor. «Less! Less!», le siseaba yo al patriarcado, pero aquella batalla no hacía saltar la chispa de mi imaginación. Estaba conectada a las energías creativo-destructivas de la línea Materna.

Cuando todavía estaba revisando la tesina, un promotor compró el edificio de Anti y Lenny y mandó una orden de desahucio a todos los inquilinos. Lenny encontró otro piso en St Kilda y Anti se trasladó a un almacén en Prahran, cerca de su estudio. Seguíamos quedando, pero ahora recurríamos más al teléfono para mantener el contacto. En mayo Benedict volvió a Auckland, se matriculó a tiempo parcial en una licenciatura de Ciencias Sociales y escribió que había abandonado su libro. Shaz había empezado las prácticas de profesorado y Says Ann dio su último concierto.

A finales de 1987 volví a Sídney con carácter definitivo. Todos seguimos aventurándonos, cambiando. Todavía pensábamos que seríamos amigos para siempre, pero teníamos también deseos y ambiciones y sueños. Nuestras cartas y llamadas se espaciaban a medida que nuestras vidas giraban sin cesar. El tiempo no cejaba en su Ya-Ya-Ya y no prestábamos atención a lo que ocurría. Subestimamos el poder de atracción del horizonte y no vimos que íbamos alejándonos todos en un torbellino mar adentro.

En la última primavera del siglo xx participé en una mesa redonda de un festival de escritura en Melbourne. Después me senté a una mesa alargada junto con los demás autores y estuve dedicando ejemplares de mis libros. Cuando me disponía a marcharme, se me acercó una mujer en la que me había fijado de refilón y que había estado esperando en un aparte. Zapatos de salón, traje de falda, tonos neutros, corte *bob* corporativo, cara de reloj: Amabel.

Había asistido al encuentro, dijo.

—Me he pedido la mañana en el trabajo para venir.

Tenía los nudillos blancos de agarrar la correa del bolso y me preguntó si me daba tiempo a un café. Yo estaba cansada y su presencia me había pillado desprevenida. No se me ocurrió ninguna excusa.

En una cafetería cercana removió su café solo para disolver un edulcorante artificial; el tiempo se plisó y me mostró las fornidas muñecas de Olivia. Amabel lucía un anillo singular. Fabricado a partir de un metal gris apagado y con una flor tallada, desentonaba con su carísimo reloj.

Nos concentramos en nuestros cafés e intercambiamos algunas novedades. Dije que había perdido el contacto con las amistades de Melbourne, pero que lo último que sabía era que Anti vivía en Hamburgo y Lenny daba clases en el norte del estado de Nueva York. Amabel me dijo que trabajaba para una empresa especializada en fusiones y adquisiciones. Seguía viviendo en Fitzroy, ahora con su pareja, una arquitecta llamada Kate.

La voz de Amabel no se alteró cuando mencionó a Olivia, pero era evidente que Olivia era el motivo por el que estábamos allí. Desde el momento en que reconocí a Amabel, di por hecho que había venido a pedirme explicaciones en nombre de su prima. Se me cerró el estómago y solté mi taza con estrépito, preparándome para afrontar una rabia glacial.

Amabel me preguntó si sabía que Olivia había muerto. Me llevé una mano a la garganta. Me oí pronunciar palabras convencionales. Di un sorbo de agua agarrando el vaso con todas mis fuerzas.

Había ocurrido dos años antes, dijo Amabel. Olivia vivía en Sídney.

—Desapareció haciendo senderismo en las Montañas Azules. La encontraron al cabo de tres días en el fondo de un barranco. Salió en las noticias; me sorprende que no te enteraras.

—Hace dos años estaba viviendo en Francia.

Preguntó si Olivia se había puesto en contacto conmigo cuando se estableció en Sídney.

—¿Y por qué iba a hacerlo? No éramos amigas.

—Leyó tu primera novela. Solía hablar de ti, decía que ojalá te hubiera conocido mejor cuando vivías en Melbourne.

Nada de lo que Amabel estaba contando me resultaba plausible. Le dije que no había visto a Olivia en años.

—Era una posibilidad muy remota —reconoció.

A Amabel se le agrandaron los ojos. Echó la cabeza hacia atrás, sacó un pañuelo —no un clínex, un refinado pañuelo blanco— y se enjugó los ojos.

—Lo siento mucho —repetí. Bebí más agua. No me sentía capaz de tocar su mano.

—Dicen que la gente se confía a los escritores, ¿no? Es más fácil hablar con alguien a quien no conoces bien. —No me quedaba claro si se refería a Olivia o a ella misma. Sorbió por la nariz, formó un pequeño cuadrado con el pañuelo y se lo llevó a las fosas nasales—. Tenía la esperanza de que Liv quizá te hubiese dicho algo que le diera sentido a todo.

—¿A qué exactamente?

—Tenía muchísima experiencia como senderista en solitario. Pero no le contó a nadie adónde se encaminaba aquel día. Hacía buen tiempo. Y el punto en el que se salió del sendero no presentaba ninguna dificultad.

Asimilé lo que me estaba comunicando.

Por tercera vez dije:

—Lo siento mucho.

Olivia estaba extremadamente presente en aquel momento, su sonrisa atascada, su pelo entretejido.

—He hablado con sus amigos y con compañeros del trabajo con los que tenía buena relación. Nadie ha tenido nada extraordinario que contarme. Es ridículo pensar que podría haberse sincerado contigo si no era feliz. O que tal vez tú te hubieras dado cuenta de que no lo era. Pero cuando ocurre algo así no puedes evitar buscar respuestas en los lugares más inverosímiles. Su padre, mis padres…, nos quedamos todos hechos polvo.

Olivia siempre había chocado con su padre, continuó Amabel.

—Por eso él ha llevado aún peor la pérdida. Ella le echaba la culpa del divorcio, le echaba la culpa de todo.

Vi cómo giraba noventa grados su taza vacía sobre el platillo. Nunca llegué a comprar los cuencos para el café con leche, y ahora que solo tomaba expreso ya no tenía ningún motivo.

Amabel me contaba que Olivia se había decantado por el derecho medioambiental porque su padre trabajaba para una compañía minera.

—Liv se lo tomaba todo muy a pecho. Decía que su padre robaba a la tierra. Había empezado a llamarlo el Ladrón.

Sin perder el tono de ligereza pregunté:

—¿Seguía con Kit?

—Dios, no. Aquello era un caso perdido, ¿no te parece? Los dos conocieron a otras personas cuando él se fue de Melbourne. Hace años que desapareció del mapa. —Se encogió de hombros—. No había nadie especial en aquel momento. Liv estaba muy volcada en el trabajo. Muchos de los resultados eran bastante desmoralizadores, pero ella consideraba importante seguir intentándolo. —Amabel apretó los labios—. Al menos es lo que yo solía pensar. Ahora ya no estoy segura de saber qué se le pasaba por la cabeza. No dejo de repasar nuestras conversaciones. Puede que me pasara desapercibido algo. Una señal.

Amabel no se ofreció a invitarme al café, ni yo tampoco. En la caja, su anillo captó de nuevo mi atención. Me vio escudriñarlo y se lo giró en el dedo diciendo:

—Fue un regalo de Liv.

La calle estaba muy animada, llena de trabajadores en su hora de almorzar. Ignorando sus notorios suspiros, Amabel se empeñó en que nos quedáramos en medio de la acera bajo el frío sol mientras ellos pasaban por nuestro lado. Veinte kilos más ligera que la última vez que nos vimos, seguía siendo majestuosa. Con los ojos puestos en algo por encima de mi cabeza, me contó que, cuando Olivia y ella todavía estaban estudiando y vivían en Fitzroy, una tarde se metió en su habitación para buscar un libro. El dormitorio tenía balcón y Olivia estaba allí, echada sobre la barandilla.

—Grité: «¡Liv!». Ella se dio la vuelta pero mantuvo una mano en la barandilla. La expresión de su cara, solo durante un segundo..., me asustó.

Dijo:

—No fue nada en realidad.

Dijo:

—Pienso en ello cada día.

Necesitaba una historia, pero yo no tenía ninguna para darle. Todavía no había terminado de asumir la noticia. Lo único que se me ocurrió decir fue que hay detalles intrascendentes que pueden parecer significativos, preñados de consecuencias y de sentido.

Tenía en la mano mi último libro, que no me cabía en el bolso sobrecargado. Amabel lo miró de reojo. Dijo:

—Me temo que no he leído tu obra. Nunca le he visto el interés a la novela histórica, si te soy sincera.

Entrevistaban a un escritor canadiense esa tarde en el festival. Había empezado como periodista pero recientemente se había atrevido con la ficción y había publicado un bombazo a nivel global. Cuando el entrevistador le preguntó por qué había decidido escribir una novela, el autor contestó que se había sentido atraído por la «seriedad moral» de la forma. La novela nos brinda la oportunidad de sondear en profundidad a otras personas, afirmó, incluidas esas cuyas vidas son muy distintas de las nuestras. La novela es un recurso ético para suscitar la empatía y la compasión del lector al demostrar que los desconocidos son en el fondo como nosotros. Hablaba con pasión y honestidad, y estalló una salva de aplausos.

En una ocasión, estaba abroncando a mi madre por no estar a la altura de mis ambiciones cuando me gritó: «¡Tú no sabes cómo es ser yo!». La Madre Woolf construyó la interioridad en su ficción de formas radicalmente nuevas al describir lo que encontró cuando se analizó a sí misma. Ese análisis la inspiró para armar una política feminista a partir de su experiencia del patriarcado: ella sabía cómo era ser ella. Pero no sabía cómo era ser E. W. Perera y no se molestó en averiguarlo. Sencillamente le resultaba tan «inescrutable» como el mundo del que Perera venía.

Quise preguntarle al escritor canadiense por esos personajes cuya vida interior revela ideas de las que discrepamos e incluso consideramos repulsivas. ¿Reunimos empatía y compasión por ellos? Si las novelas nos ponen delante a personas que resultan ser «como nosotros», ¿es eso «seriedad moral» o el reconfortante reflejo de nuestros valores y nuestras creencias?

Olivia estaba enredada en todo esto, por supuesto, estaba enredada en todo desde que había sabido de su muerte. Pensé: Esta noche soñaré con ella; e instantáneamente me rendí a algo parecido a un sueño. Olivia caminaba por delante de mí en una pista de montaña accidentada. Su trenza, tan gorda y basta como una soga, rebotaba entre sus omóplatos, sus pantorrillas resplandecían bajo la luz cruda. Era indispensable darle alcance, de modo que grité: «¡Liv!». Cuando se daba la vuelta, su cara era puro asombro. De nuevo aquella sílaba la había salvado o condenado; ¿cuál de las dos?

Muchísimos años atrás me había cuidado de sondear a Olivia porque prefería crear una efigie cuya capacidad para el amor y el sufrimiento y el júbilo fuese muy inferior a la mía. Lo vergonzoso era la certeza de que, si ella me hubiese buscado en Sídney, yo habría exhumado esa efigie. El canadiense razonaba como si la política de la novela fuera la política de la política. Nada más lejos. Lo que la política nos exige es que nos preocupemos por las personas a las que no somos capaces de sondear, y la dificultad que esto entraña es la dificultad de la vida.

Llegaron las redes sociales, la forma diarística del nuevo siglo. La foto de portada de Kit en Facebook mostraba unos arrozales en terrazas detrás de unas casas con tejados de paja y unas palmeras. Su foto de perfil era una cumbre nevada. La página era privada, pero Google tuvo la gentileza de encontrarlo para mí en otras dos fuentes.

Un periódico británico había publicado un artículo sobre los habitantes de una localidad de Madagascar que se habían quejado por el ruido de una mina cercana. Una foto mostraba a la pareja que lideraba la protesta. Con sus mandíbulas severas y su pelo lacio, ataviados con prendas oscuras y exánimes, hablaban de la falta de sueño, las vibraciones y las migrañas, defendiendo su territorio delante de una verja medio descuajaringada. De Kit, que no salía retratado pero sí identificado como gerente del proyecto en la mina, se recogían unas declaraciones según las que Integrity Minerals tomaba buena nota de las quejas y estaba trabajando para resolver la cuestión. Estudié de nuevo la fotografía de la pareja. Me recordaron a las personas de los dibujos emborronados de Anti: gente que aguardaba, gente pulverizada por la maquinaria de la historia.

En un periódico de Australia Occidental había un artículo más reciente sobre una casa finalista de un galardón de arquitectura. El texto era solo para suscriptores, pero la foto que lo acompañaba mostraba a los dueños de la vivienda. Unas baldas de madera clara exhibían lo que según el pie de foto eran «tesoros eclécticos reunidos durante los numerosos viajes de la pareja». Detrás de un banco de cocina, Kit y su esposa, Shirin, se mostraban sanos, satisfechos y ricos. A Kit le había salido papada y llevaba gafas de montura de carey. Iba enfundado en escandinavos tonos beises y blancos, al igual que su cocina y su mujer. Me pregunté si aún se relacionaría con las mujeres siguiendo el patrón de capturar-tomar-disparar. Mis ojos no paraban de desviarse hacia la maceta que había a su lado, un cactus de tallo grueso y flores color sangre espinosamente enhiesto.

Hace unos años, un historiador conocido mío publicó un selfi en Facebook. De fondo salía una colección de libros en varios volúmenes, *The Diaries of Donald Friend,* publicados por la Biblioteca Nacional de Australia entre 2001 y 2006. Una mujer señaló en comentarios que, si bien los diarios del artista australiano eran «esclarecedores en cuanto documento histórico», no dejaba de asombrarle que los hubiese publicado una institución nacional. La mujer aludía al hecho de que Friend fue un pedófilo, como efectivamente demuestran sus diarios.

Después de que una relación adulta en Australia se desmoronara en 1946, Friend resolvió «vagar por toda la faz de la tierra» y agenciarse «un chico negro guapo y simple». Su rango de acción incluía un Ceilán y un Bali recién salidos del dominio colonial. En la década de 1960 adquirió una finca espectacular en el área balinesa de Sanur, donde vivió durante casi veinte años. Al final, una combinación de mala salud y presiones de las autoridades indonesias lo obligaron a regresar al hogar. Barry Humphries, una de las celebridades internacionales que visitó a Friend en Sanur, escribe que en Australia su «benevolente modalidad de pedofilia no se veía con tan buenos ojos». Friend murió en Sídney en 1989 con setenta y cuatro años.

La fortuna de un hombre blanco puede comprar infinidad de cosas en un país en desarrollo, incluso la impunidad ante la ley. En su finca de Sanur, Friend mantenía un amplio séquito de «criados» procedentes de familias balinesas empobrecidas; hombres jóvenes, adolescentes y niños. Su diario documenta que uno de esos niños llegó a la casa con seis años. Describe a otro chiquillo, al que identifica como F., como «un amante cautivador y díscolo» que acomete el sexo con Friend con «alegría» y «entusiasmo». F. es «la mar de inventivo» y «en absoluto sentimental». Friend añade:

> Aferrándose y retorciéndose en un abrazo, a veces agarra la radio, se la lleva al oído y escucha con éxtasis débiles voces lejanas y extranjeras o jazz y principalmente estática, susurrándonos y canturreándonos por turnos a la radio y a mí.

A medida que se intensifica el turismo en la isla, Friend se queja de que hay pedófilos extranjeros corrompiendo a los niños autóctonos. Con «corrupción» se refiere a que los balineses esperan ahora un pago a cambio del sexo. Un turista sexual le pregunta a un proxeneta local por «niños pequeños» y le consiguen a F. Entonces Friend deplora que F. estará «a medio camino de la prostitución» si regresa. El turismo sexual se parece a cualquier otra variante de turismo en un aspecto implacable: el turista invariablemente se granjea el desprecio del pionero.

Pedófilo «benevolente».

Dios.

Fauno.

Cerdo.

¡Cerdo!

¡Cerdo!

(Mis disculpas a los cerdos).

Kerry Negara, australiana afincada en Bali, dirigió en 2009 un documental titulado *A Loving Friend* sobre la propiedad del artista en Sanur. El documental, que actualmente puede verse en la red, incluye entrevistas a cuatro hombres balineses de mediana edad que conocieron a Friend o formaron parte de su hogar. Un hombre, que era niño en el momento de los abusos, siente rabia y vergüenza al descubrir que aparece mencionado como uno de los compañeros sexuales de Friend en los diarios. A los amigos australianos del artista se les brindó la posibilidad de censurar material sensible que les incumbía directamente, pero nadie había contactado con el hombre balinés ni solicitó su consentimiento.

Los sirvientes de Friend compartían información entre ellos. Un hombre le cuenta a Negara que sabía mantener las distancias con el artista, en particular cuando Friend, alcohólico, estaba borracho. Otro hombre afirma que le preocupaba su hermano pequeño, calificado de «favorito» de Friend, porque lo habían avisado de que el artista mantenía relaciones sexuales con niños. Una noche Friend le pidió al favorito que fuera a su habitación, y el hermano solicitó el apoyo de los hombres jóvenes de la aldea. Cuando llegaron ante la puerta del dormitorio de Friend, el artista salió blandiendo un puñal y los hombres huyeron despavoridos.

Negara entrevista también al favorito. Este afirma que Friend le pagó la escolarización durante seis años. Afirma que, si Friend quería sexo y él se lo negaba, aceptaba la negativa. Afirma que él no se acostaba con Friend. Afirma que nunca volvió a visitar al artista después de abandonar la casa. Afirma que no recuerda por qué. Se pregunta por qué no se acuerda. Empieza a llorar.

Los entrevistados australianos de Negara incluyen al primer director del Australian Music Centre, que se jubiló en Bali. Este asegura que eran los niños balineses quienes seducían a Friend, y no al revés. Él ha conocido a varios de los exsirvientes de Friend, afirma. «No son juguetes rotos».

Negara entrevista también a tres hombres cuya reputación profesional está vinculada a la de Friend: el editor de sus diarios, su biógrafo y el entonces conservador jefe de arte australiano en la Art Gallery de Nueva Gales del Sur. Ellos también defienden a Friend negando o restando importancia a sus delitos. Pensé en el letrero de gran formato que Humphries nos cuenta que colgaba de la verja de Friend en Sanur: «Prohibido el paso».

Los hombres australianos me fascinaban porque, cuando hablaban, yo percibía un eco cuyo origen no era capaz de rastrear. Hasta que vi el documental por tercera vez no se despejó aquella tentadora bruma de *déjà vu.* Lo que había reconocido era la jactancia, las evasivas y el borrado de las víctimas en la entrevista de 2019 al príncipe Andrés en *Newsnight.*

Con todo, algo genuino resplandece a través de ese eludir y esquivar: el leve desconcierto que tiñe las respuestas de los hombres. Parecen no terminar de entender por qué alguien cree que ahí hay algo por lo que rendir cuentas. Sus palabras nos llegan desde un mundo diferente, uno en el que un niño que se retuerce y se aferra en el lecho de un hombre adulto carece de relevancia. Ese niño es más sabio que los hombres. Su imaginación es superior a la de ellos. Busca consuelo en una radio y en las voces y los sonidos que le transmiten que hay vidas más allá de esa en la que se encuentra atrapado. En comparación, los hombres parecen no reconocer ninguna realidad más amplia que la suya propia. Parecen no percatarse de que un público invisible está evaluando su actuación:

Ni sobresaliente.

Ni aprobado con mérito.

Ni aprobado.

Los aldeanos balineses que vivían cerca de Friend lo llamaban *Tuan Rakshasa*: 'Señor Diablo'. Uno de sus defensores me aseguró que el apodo denotaba afecto y respeto. «Cuenta la verdad y avergüenza al diablo». Solo que el diablo se niega a dejarse avergonzar.

Al tercer año de este siglo, mi madre murió. Cosas de madres. Las hijas se dicen a sí mismas que han escapado, pero al final ese poder recae de nuevo sobre las madres. Mi tía y yo estábamos con ella cuando mi madre hizo mutis del mundo. Había tres personas en la habitación, una expiró y entonces hubo dos.

Según envejecía, el cuerpo de mi madre se había encogido en todas partes salvo en el centro. En el último año de su vida parecía una niña embarazada. En la muerte, aniquilados sus contornos por una colcha pesada, había alcanzado la veracidad de la forma informe.

Había un teléfono fijo a mano, pero mi tía prefirió usar su móvil para darle la noticia a su marido. A continuación llamó a sus hijos por turnos. Hablo de un tiempo en el que no todo el mundo tenía un teléfono móvil. La secuencia de gestos ensayados de mi tía —sacar el aparato, abrir la tapa, manipular teclas diminutas— poseía el aura de los acontecimientos escenificados. Estaban imbuidos de modernidad y magia. Semejaban trucos de prestidigitación.

La conversación entre mi tía y su hijo más joven se prolongó bastante rato. Aunque se había trasladado al umbral de la habitación, yo la oía comentar las reformas del cuarto de baño de él. Hablaba de lavamanos y grifos empleando un tono indulgente y distraído. Al otro lado de la calle, los últimos rayos de sol sobre un eucalipto lo hacían parecer más luminoso que cualquier árbol terrenal. Resultaba inverosímil que mi madre se hubiese marchado adonde esa luz dorada no podía llegar.

—Bueno, te dejo que sigas con la lechada, tesoro —oí que mi tía decía por fin—. A menos que quieras decirle algo a Cindy. Está aquí a mi lado.

Mi madre fue incinerada. Diecisiete años antes yo también había incinerado a la Madre Woolf. Lo último que hice antes de dejar el piso de St Kilda fue arrimarle una cerilla en el fregadero. Observé sin pestañear cómo se abarquillaba y ennegrecía bajo la llama. Cuando todo hubo acabado, abrí el grifo y eliminé sus restos.

Doné algunas posesiones de mi madre a una asociación de beneficencia y el resto lo tiré. Su mobiliario incluía una lámpara de pie adquirida de segunda mano cuando yo todavía estaba en el colegio. La tulipa era de una tela rosada similar al tafetán que describía crestas y valles, con un ribete de satén trenzado. Parecía la falda acampanada del vestido que una niña pequeña luciría en una fiesta; incluso tenía una especie de miriñaque de batista con alambre por debajo, una enagua tiesa que la abultaba y le daba vuelo.

De pronto vi la tulipa como el cumplimiento tardío de un deseo. Remplazaba todas las caras y codiciadas prendas que mi madre no tuvo de niña. Cuando hizo un buen casamiento y tuvo una hija propia, me ataviaba con recargados vestidos de domingo con faldas voluminosas, vestidos de color limón, azul pastel, malva o rosa del glaseado de una tarta de cumpleaños. Yo los aborrecía, por supuesto. Cada vez que había una fiesta, lloraba e imploraba. «¿A qué clase de niña pequeña no le gustan los vestidos bonitos?», preguntaba mi madre perpleja. En el último momento, con la furgoneta de la asociación benéfica ya saliendo del edificio de mi madre, les hice señas. La lámpara de la tulipa rosa le había aportado alegría a mi madre. Decidí quedármela.

La lámpara desentonaba con mis muebles eficientes y modernos, y me habría abochornado en una sala donde recibiera a gente, así que la coloqué en un rincón de mi estudio. El cable estaba defectuoso, así que nunca la enchufaba, y al cabo de un tiempo dejé incluso de advertir su presencia. Pasaron los años y un buen día vino una periodista a entrevistarme. Mientras conversábamos en mi estudio, su mirada se desviaba sin cesar hacia un punto más allá de mi hombro y una expresión de asombro le atravesaba el semblante. Por fin le pregunté qué era lo que la estaba distrayendo. Me pidió disculpas.

—Es esa lámpara —dijo—. Espero que no le moleste que se lo diga, pero es que es feísima.

En un primer momento no supe qué contestar, pero luego me pareció lógico que una mujer joven contemplase la feminidad rosa decorativa sin atisbo de nostalgia o deseo. Recordé mis detestados vestidos de fiesta con sus enaguas de redecilla dura que daban picores. No había vez en la que, viéndome así vestida, los adultos no me dijeran que estaba monísima. Tanto mi madre como la Madre Woolf estaban atadas a esa visión empalagosa de la feminidad desde la cuna. Ya siendo adultas, ambas se encontraron bregando con vidas para las que nada las había preparado. Una fue una escritora brillante, y la otra llamaba «libros» a las revistas, y entre las dos me transmitieron mucha información que he necesitado. No es que las tenga en un pedestal, pero podría decirse que contribuyeron a construir mi cerebro.

La última vez que examiné la tulipa de la lámpara estaba comida de polvo, agujereada por las polillas y ladeada por la base. Símbolo y repositorio de sentimientos tontos y contradictorios, persiste donde la veo / no la veo cada día.

Nunca he dejado de esperar que mi madre me llame. A veces un espejo amable me muestra su cara. Me sorprendo reflexionando sobre el pasado a través de ella, tal como me vaticinó la Madre Woolf. Por ejemplo, el día en que quitamos los ruedines de la bici de mi hija y ella, emocionada hasta la médula, se lanzó a pedalear por todo el parque.

—¡Venga, venga, venga! —exclamaba yo, a pesar de que por dentro gritaba: Te vas a partir todos los dientes.

Mi madre estaba convencida de que el diablo se siente atraído por la sal derramada. Me decía que cada vez que se me cayera tenía que echarme una pizca por encima del hombro izquierdo para mantener a raya al diablo. Es un consejo que le he transmitido a mi hija. A mí no siempre me ha funcionado, pero quiero que ella tenga toda la suerte posible.

El pasado mes de julio fui a Londres a un encuentro de escritores y académicos de la Commonwealth que se celebraba en una imponente mansión del siglo XVIII, construida para disfrute de un hombre que amasó una fortuna gracias a sus plantaciones en el Caribe. En la última etapa de su vida hizo campaña por la abolición de la esclavitud y por el socorro a los necesitados, y ahora se lo honraba como a un filántropo. Una poeta ghanesa señaló que absolutamente todo, incluido el congreso, ilustraba a la perfección una observación de *Un recodo en el río,* la novela de V. S. Naipaul:

> Los europeos querían oro y esclavos, como todos los demás, pero, al mismo tiempo, querían que erigieran estatuas en su honor como personas que habían hecho cosas buenas por los esclavos.

Estaba previsto que cada noche después de la cena se celebrasen lecturas, y para ello nos dividieron en grupos. Un surtido de sillas de comedor de caoba y otras apilables de plástico estaban dispuestas en semicírculos en lo que antaño había sido un salón. Había una chimenea magnífica con un espejo alargado encima, una lámpara como una araña de latón y una alfombra que parecía hecha a prueba de desgaste.

Mi grupo tenía que leer la segunda noche, de modo que la primera me acomodé entre el público. Uno a uno, tres escritores leyeron extractos de sus últimas obras, cada uno durante los diez minutos asignados. Entonces la última escritora de la noche se levantó y ocupó su lugar bajo la araña. Venía de una isla donde le profesaban una honda admiración, pero fuera de ella no era apenas conocida. En el transcurso de su larga trayectoria había publicado cantidad de libros, pero ese día llevaba un fajo de papeles y anunció que con motivo de su primera visita a Inglaterra iba a leer algo escrito para la ocasión.

Arrancó dirigiendo nuestra atención a la discrepancia entre su nombre inglés y su apariencia nada inglesa. Sus antepasados eran «una confluencia de deseos imperiales», dijo, tras lo cual desarrolló un relato de su primera infancia, que coincidió con la Segunda Guerra Mundial. Escribía vívidamente y el tema era apasionante. Su país había sufrido mucho durante el conflicto, en el que había desempeñado un papel heroico.

Llegados a este punto, ya había agotado sus diez minutos, pero ella siguió, imperturbable. Era una anciana y enseguida quedó claro que pretendía referir la historia de su vida. Durante una época anduvo metida en política y despotricó contra la corrupción ministerial y las injusticias que diversos gobiernos habían infligido a sus compatriotas. No siempre era fácil seguir los pormenores de aquellas intrigas pretéritas. Para colmo, parecía que había escrito el texto con creciente premura y sin revisión, pues se volvía repetitivo, incoherente, y daba vueltas a las mismas ideas. En todo momento su voz se mantuvo grave y pausada. Estaba muy erguida y, a diferencia de los demás, llevaba un atuendo formal, un vestido oscuro y una chaqueta fucsia con un broche de pedrería.

La oscuridad se acumulaba tras ella, en las ventanas que llegaban hasta el suelo. Había sido una larga jornada de ponencias y mesas redondas, muchos teníamos *jet lag* y todos habíamos cenado en abundancia. Algunos párpados caían. Alguien emitió un trino de suaves ronquiditos. Pero vi también gente que escuchaba con atención. Una mujer que era el subproducto de un imperio por fin había viajado a su epicentro para hablarnos de cuestiones de importancia en su mundo. Le habían abierto la puerta a un salón y la habían invitado a hablar. Pero ¿qué poder tiene una voz que no es oída ni respetada? Le brindamos la justicia de atender a sus palabras.

El congreso terminó y me fui a París, donde mi hija se reuniría conmigo al cabo de un par de días. La llamé a Trieste, donde estaba visitando a la familia de su padre, y conversamos un rato. Después salí a dar un paseo. A lo largo del día, el calor y la luz habían sido abrumadores, pero la tarde parecía de seda. Las terrazas de los cafés estaban abarrotadas de comensales y de personas que esperaban mesa y me dificultaban el paso.

Empezaban a encenderse luces en los apartamentos. Estaba estudiando el escaparate de una librería llamada Comme un roman cuando un todoterreno se detuvo en el bordillo. Del vehículo salieron un hombre y dos niñas pequeñas, y la mujer que iba al volante siguió su camino. En cuanto la menor de las niñas se percató de que su madre se había marchado, se puso a berrear.

—¡Quiero a mi mami! —aullaba, y dos ríos instantáneos le rodaron por las mejillas.

Su padre trató de consolarla diciendo que su madre volvería antes de que se fuesen a dormir. ¿De qué le servía eso a la niña? Su pérdida en aquel momento era absoluta y pura.

Continué mi paseo, doblé una esquina y vi el Cirque d'Hiver al final de la calle. El circo de invierno, ese edificio dorado y curvo con nombre de lentejuelas y hielo, nunca me había parecido del todo de este mundo. Envuelto en el azul cada vez más intenso de la tarde de verano, podría haber sido un sueño de sí mismo.

Un hombre corpulento caminaba en mi dirección. Lenny y yo nos reconocimos a la vez. Suena como una novela, ¿verdad que sí?, *comme un roman.* Pero París es un lugar novelesco. Se presta al paseo, que evoca encuentros y fantasmas. Lenny tenía el pelo blanco pero aún abundante y rizado. Parecía su propio antepasado, y sin duda a mí me ocurría lo mismo. Nos agarramos el uno al otro como nadadores en apuros. Era como si aquel encuentro llevara esperándonos desde siempre, atrapado en el tiempo y por fin liberado.

Propuse que tomáramos algo en un café que conocía cerca del Cirque d'Hiver. Lenny repuso que no era muy aficionado a los cafés últimamente. Vivía cerca, dijo, y me invitó a cenar en su apartamento. Por el camino descubrí que Lenny llevaba años viviendo en París. Había dejado el mundo académico y regentaba una galería especializada en arte marginal. Su marido, director de fotografía y francés, estaba en Eslovenia por trabajo, y Lenny se iría con él en agosto, cuando cerrara la galería. Hizo algunas observaciones sobre mis libros con la amabilidad que lo caracterizaba. Le hablé de Anti, a la que Instagram me había devuelto. Le hablé un poco de mi vida.

En el apartamento de Lenny me asomé a contemplar la luna sobre las copas de los árboles y los tejados. Ya había luces en todos los edificios. Era esa extraña hora estival en que se escurre la realidad. El luminoso cielo azul cobalto permanecía aún anclado en la tarde, pero la luna, las ventanas resplandecientes y el follaje oscuro y denso ya habían cruzado la frontera de la noche. El ojo y el cerebro pasaban de una a otra y no encontraba nada en lo que confiar.

Lenny abría envoltorios de papel de aluminio y frascos, llenaba cuencos con *snacks*. Sacó una botella de champán de la nevera. Le pregunté por qué evitaba los cafés; ¿lo repelían las multitudes veraniegas? Las atareadas manos de Lenny se quedaron inmóviles. Había sufrido de lleno los atentados de 2015, dijo. Murió un amigo con el que había estado cenando en uno de los cafés alcanzados por las ráfagas de las ametralladoras. Otro amigo recibió un disparo en la columna y vivía en una nebulosa de medicación y dolores.

—Tuve suerte, la bala solo me rozó aquí. —Se levantó un mechón de pelo.

Vi la cicatriz blanca en su cara colorada.

Otro amigo distinto salió ileso, pero su mujer lo había dejado hacía poco. Los acontecimientos de aquella noche de noviembre habían acabado dominando su vida. Se incorporó a grupos de Facebook, se sumía en laberintos de Internet, viajaba por toda Francia y al extranjero para reunirse con supervivientes y gente que había perdido a seres queridos. En su familia estallaban y remitían las crisis sin que él se diera ni cuenta. Durante el interminable juicio del único terrorista que sobrevivió, acudió al juzgado todos los días. Escribió al prisionero, cartas que no recibieron respuesta y contenían palabras románticas como «soldado» y «perdón» y «primavera». Su mujer se convenció de que tantos años trabajando de corrector en una editorial habían acabado provocando que confundiera realismo y realidad. Era de la opinión de que su marido estaba buscando en la vida satisfacciones que proporcionan las novelas: la posibilidad de redención, respuestas y patrones, motivaciones y causas. Las mujeres eran blanco de las burlas por su bovarismo, pero según su experiencia eran los hombres los que se dejaban arrebatar por los tropos narrativos más manidos. La vida era arbitraria y cruel, dijo la esposa, y ella había perdido la paciencia con el empeño de su marido en no afrontar este hecho.

Lenny descorchó la botella; hábilmente, sin un reventón. Me tendió mi copa y levantó la suya para hacer un brindis:

—*Bien, hemos llegado hasta aquí.*

Era el último verso del «Cirque d'Hiver» de Bishop. Pero todo eso era ya el pasado.

Agradecimientos

Gracias, gracias, gracias:

A Michael Heyward y todo el equipo de Text, en particular W. H. Chong y Emma Schwarcz.

A Nat Jansz, Mark Ellingham y Peter Dyer de Sort of Books.

A Kendall Storey y todo el equipo de Catapult, en particular a John McGhee.

A Debra Adelaide, Saskia Beudel, Emily Bitto, Bernadette Brennan, Wenona Byrne, Mridula Chakraborty, Sophie Cunningham, Clare Drysdale, Martin Edmond, Roanna Gonsalves, Zahia Hafs, Sarah Holland-Batt, Mireille Juchau, Mayu Kanamori, Malcolm Knox, Joy Lai, Jen Livett, Liz McMahon, Myles Neri, Kate Nossal, Brigitta Olubas, Felicity Plunkett, Josephine Rowe y, Carrie Tiffany.

A Sarah White, por la información sobre exámenes de música.

A Walter Perera, por la información sobre su tío abuelo, E. W. Perera.

A Fiona McFarlane y Neel Mukherjee, por leer el manuscrito y brindar sabios consejos.

A mi querida Sarah Lutyens.

A mi querido Chris Andrews.

Este libro se terminó de
imprimir en octubre de 2025,
cinco meses después de que ganara
el prestigioso Stella Prize. En su discurso
de aceptación, muy centrado en la
situación en Palestina,
la autora afirmó:

«A diferencia de las mujeres y niñas de Gaza, yo no soy valiente. El miedo es un oponente formidable e insidioso. Nos convence de autocensurarnos, de obedecer por adelantado, de tragarnos el veneno antes siquiera de que nos lo ofrezcan. [...] Les pido —les ruego— que se unan a nosotras al alzar la voz por Palestina. Ayúdennos a combatir la mentira que equipara nuestra oposición pacífica al genocidio con la simpatía por el terrorismo. Ayúdennos a combatir la mentira que equipara la crítica a Israel con el antisemitismo. Ayúdennos a combatir la mentira de que las vidas palestinas no importan. Ayúdennos a combatir el deterioro de la democracia. Ayúdennos a combatir el miedo».

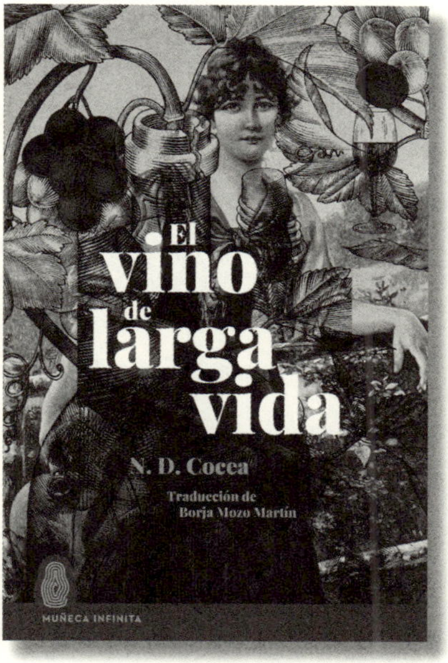

Una de las obras más originales y atractivas de la literatura rumana, publicada en 1931, esta maravillosa fábula hedonista narra el encuentro entre un juez recién nombrado en un pueblo rural de Moldavia y el misterioso boyardo Manole, cuya excepcional longevidad y supuesta moral excéntrica despiertan los celos de toda la buena sociedad provinciana. Por su carácter, su sentido de la justicia y su inmoderado gusto por la lectura, el joven se gana la amistad y la confianza de Manole, que poco a poco le va revelando los secretos de su vida. Esa larga vida le ha permitido alcanzar una forma de sabiduría libre de todo misticismo, que encuentra en el espléndido paisaje moldavo una fuente de alegría perpetuamente renovada. El vino que produce en su finca es la mejor expresión de esa tierra, tan evocadora y fértil como despiadada y cruel. En un último momento de revelación, el anciano compartirá con su amigo una copa de su preciada *cuvée,* fruto y recuerdo de los intensos días de su lejana juventud.

Más leyenda que presencia en la vida de su hija, nacido entre las réplicas del mayor terremoto ocurrido en Argentina, León es padre, pero también un carismático y elegante vividor, jugador de polo, piloto de carreras, exadicto a la cocaína, exconvicto y aficionado al paracaidismo. Todo un dios menor que baja a la tierra a lo grande, cayendo de todas las formas posibles.

«Es difícil competir con la adrenalina cuando se es una niña», escribe su hija, que ahora es madre de unos pequeños cuya educación le hace reflexionar sobre su juventud poco convencional y la fuente de su caos. León es un doble retrato que va y viene entre la ciudad de Los Ángeles en la actualidad, donde la narradora trabaja como actriz, y su infancia vagabunda por Londres, Buenos Aires y Lima.

El asombroso debut autobiográfico de Sonya Walger, actriz conocida por su papel de Penny en *Perdidos (Lost),* es un palimpsesto emocionalmente agudo en el que el drama, el amor y la tragedia de la vida del padre terminan modelando la de la hija. La leyenda de él y la narración de ella, distintiva y cargada de imaginación, conforman una historia familiar absorbente e inolvidable.